Antoine de Saint-Exupéry
LE PETIT PRINCE

프랑스어로 읽는 세계명작

어린 왕자 [LE PETIT PRINCE]

초판인쇄 2021년 5월 10일
초판발행 2021년 5월 15일

지은이 Antoine de Saint-Exupéry
발행인 심정기
발행처 디자인닷컴
등록번호 제2020-000176호
주 소 서울시 영등포구 경인로82길 3-4
전 화 1599-0958
팩 스 0505-115-1961
ISBN 979-11-973276-1-2 02860

정 가 7,000원

À LÉON WERTH

Je demande pardon aux enfants d'avoir dédié ce livre à une grande personne. J'ai une excuse sérieuse : cette grande personne est le meilleur ami que j'ai au monde. J'ai une autre excuse : cette grande personne peut tout comprendre, même les livres pour enfants. J'ai une troisième excuse : cette grande personne habite la France où elle a faim et froid. Elle a bien besoin d'être consolée. Si toutes ces excuses ne suffisent pas, je veux bien dédier ce livre à l'enfant qu'a été autrefois cette grande personne. Toutes les grandes personnes ont d'abord été des enfants. (Mais peu d'entre elles s'en souviennent.) Je corrige donc ma dédicace :

À LÉON WERTH

quand il était petit garçon

Lorsque j'avais six ans j'ai vu, une fois, une magnifique image, dans un livre sur la forêt vierge qui s'appelait « *Histoires Vécues*[1] ». Ça représentait un serpent boa qui avalait un fauve[2]. Voilà la copie du dessin.

On disait dans le livre : « Les serpents boas avalent leur proie[3] tout entière, sans la mâcher[4]. Ensuite ils ne peuvent plus bouger et ils dorment pendant les six mois de leur digestion. »

J'ai alors beaucoup réfléchi sur les aventures de la jungle et, à mon tour, j'ai réussi[5], avec un crayon de couleur, à tracer mon premier dessin. Mon dessin numéro 1. Il était comme ça :

---

1) 경험한, 체험한
2) 야수의, 야수적인
3) (육식 동물의) 먹이
4) 씹다, 저작하다
5) 성공적으로 이루어진, 잘 된, 훌륭한, 뛰어난

J'ai montré mon chef-d'oeuvre aux grandes personnes et je leur ai demandé si mon dessin leur faisait peur.

Elles m'ont répondu : « Pourquoi un chapeau ferait-il peur? »

Mon dessin ne représentait pas un chapeau. Il représentait un serpent boa qui digérait un éléphant. J'ai alors dessiné l'intérieur du serpent boa, afin que[6] les grandes personnes puissent comprendre. Elles ont toujours besoin d'explications. Mon dessin numéro 2 était comme ça :

Les grandes personnes m'ont conseillé de laisser[7] de côté les dessins de serpents boas ouverts ou fermés, et de m'intéresser plutôt à la géographie, à l'histoire, au calcul et à la grammaire. C'est ainsi

---

6) ...하기 위하여, ...하도록, ...하려고
7) (일부를) 남기다

que j'ai abandonné, à l'âge de six ans, une magnifique carrière de peintre. J'avais été découragé par l'insuccès[8] de mon dessin numéro 1 et de mon dessin numéro 2. Les grandes personnes ne comprennent jamais rien toutes seules, et c'est fatigant, pour les enfants, de toujours et toujours leur donner des explications.

J'ai donc dû choisir un autre métier et j'ai appris à piloter des avions. J'ai volé un peu partout dans le monde. Et la géographie, c'est exact, m'a beaucoup servi. Je savais reconnaître, du premier coup d'oeil, la Chine de l'Arizona. C'est très utile, si l'on est égaré[9] pendant la nuit.

J'ai ainsi eu, au cours de ma vie, des tas[10] de contacts avec des tas de gens sérieux. J'ai beaucoup vécu chez les grandes personnes. Je les ai vues de très près. Ça n'a pas trop amélioré[11] mon opinion.

Quand j'en rencontrais une qui me paraissait un peu lucide[12], je faisais l'expérience sur elle de mon dessin numéro 1 que j'ai toujours conservé. Je vou-

---

8) 실패
9) 길 잃은, [비유] 방황하는
10) (물건・재료 따위의)더미, 무더기, (사물, 사람의)다수, 무리
11) 개선하다, 개량하다
12) 밝은, 환한, 명석한, 통찰력 있는

lais savoir si elle était vraiment compréhensive. Mais toujours elle me répondait : « C'est un chapeau. » Alors je ne lui parlais ni de serpents boas, ni de forêts vierges, ni d'étoiles. Je me mettais à sa portée. Je lui parlais de bridge, de golf, de politique et de cravates. Et la grande personne était bien contente de connaître un homme aussi raisonnable...

II

J'ai ainsi vécu seul, personne avec qui parler véritablement, jusqu'à une panne dans le désert du Sahara, il y a six ans. Quelque chose s'était cassé dans mon moteur. Et comme je n'avais avec moi ni mécanicien, ni passagers, je me préparai à essayer de réussir[13], tout seul, une réparation difficile. C'était pour moi une question de vie ou de mort. J'avais à peine de l'eau à boire pour huit jours.

Le premier soir je me suis donc endormi sur le sable à mille milles de toute terre habitée. J'étais bien plus isolé qu'un naufragé[14] sur un radeau [15]

---
13) 성공하다, 잘 해내다, 좋은 결과를 얻다, 출세하다
14) 난파한
15) 뗏목

au milieu de l'Océan. Alors vous imaginez ma surprise, au lever du jour, quand une drôle de petite voix m'a réveillé. Elle disait :

« – S'il vous plaît… dessine-moi un mouton!

– Hein[16]!

– Dessine-moi un mouton… »

J'ai sauté sur mes pieds comme si j'avais été frappé par la foudre[17]. J'ai bien frotté mes yeux. J'ai bien regardé. Et j'ai vu un petit bonhomme tout à fait extraordinaire qui me considérait gravement. Voilà le meilleur portrait que, plus tard, j'ai réussi à faire de lui. Mais mon dessin, bien sûr, est beaucoup moins ravissant que le modèle. Ce n'est pas ma faute. J'avais été découragé dans ma carrière de peintre par les grandes personnes, à l'âge de six ans, et je n'avais rien appris à dessiner, sauf les boas fermés et les boas ouverts.

Je regardai donc cette apparition[18] avec des yeux tout ronds d'étonnement. N'oubliez pas que je me trouvais à mille milles de toute région habitée. Or

---

16) 응?, 네?
17) 벼락
18) 나타남, 출현, 등장

mon petit bonhomme ne me semblait ni égaré, ni mort de fatigue, ni mort de faim, ni mort de soif, ni mort de peur. Il n'avait en rien l'apparence d'un enfant perdu au milieu du désert, à mille milles de toute région habitée. Quand je réussis enfin à parler, je lui dis :

« – Mais... qu'est-ce que tu fais là? »

Et il me répéta alors, tout doucement, comme une chose très sérieuse :

« – S'il vous plaît... dessine-moi un mouton... »

Quand le mystère est trop impressionnant, on n'ose pas désobéir[19]. Aussi absurde que cela me semblât à mille milles de tous les endroits habités et en danger de mort, je sortis de ma poche une feuille de papier et un stylographe. Mais je me rappelai alors que j'avais surtout étudié la géographie, l'histoire, le calcul et la grammaire et je dis au petit bonhomme (avec un peu de mauvaise humeur) que je ne savais pas dessiner. Il me répondit :

« – Ça ne fait rien. Dessine-moi un mouton. »

---

19) ...에게 복종하지 않다, 거역하다

Comme je n'avais jamais dessiné un mouton je refis[20], pour lui, l'un des deux seuls dessins dont j'étais capable. Celui du boa fermé. Et je fus stupéfait[21] d'entendre le petit bonhomme me répondre :

Voilà le meilleur portrait que, plus tard, j'ai réussi à faire de lui.

---

20) 거부, 거절, 사절
21) 아연실색한, 어안이 벙벙해진, 몹시 놀란

« – Non! Non! Je ne veux pas d'un éléphant dans un boa. Un boa c'est très dangereux, et un éléphant c'est très encombrant. Chez moi c'est tout petit. J'ai besoin d'un mouton. Dessine-moi un mouton. »

Alors j'ai dessiné.

Il regarda attentivement[22], puis :

« – Non! Celui-là est déjà très malade. Fais-en un autre. » Je dessinai :

Mon ami sourit gentiment, avec indulgence[23] :

« – Tu vois bien... ce n'est pas un mouton, c'est un bélier. Il a des cornes... »

Je refis donc encore mon dessin :

Mais il fut refusé, comme les précédents[24] :

« – Celui-là est trop vieux. Je veux un mouton qui vive longtemps. »

---

22) 주의깊게
23) 하고 싶은 대로 함[하게 함]
24) 앞선, 먼저의, 전의

Alors, faute de patience, comme j'avais hâte de commencer le démontage[25] de mon moteur, je griffonnai ce dessin-ci.

Et je lançai :

« – Ça c'est la caisse. Le mouton que tu veux est dedans. »

Mais je fus bien surpris de voir s'illuminer le visage de mon jeune juge :

« – C'est tout à fait comme ça que je le voulais! Crois-tu qu'il faille beaucoup d'herbe à ce mouton? »

– Pourquoi?

– Parce que chez moi c'est tout petit...

– Ça suffira sûrement[26]. Je t'ai donné un tout petit mouton. Il pencha la tête vers le dessin :

« – Pas si petit que ça... Tiens! Il s'est endormi... »

Et c'est ainsi que je fis la connaissance du petit prince.

---

25) 분해(소제)
26) 확실하게

III

Il me fallut longtemps pour comprendre d'où il venait. Le petit prince, qui me posait beaucoup de questions, ne semblait jamais entendre les miennes. Ce sont des mots prononcés par hasard [27]qui, peu à peu, m'ont tout révélé. Ainsi, quand il aperçut pour la première fois mon avion (je ne dessinerai pas mon avion, c'est un dessin beaucoup trop compliqué pour moi) il me demanda :

« – Qu'est-ce que c'est que cette chose-là?

– Ce n'est pas une chose. Ça vole. C'est un avion. C'est mon avion. »

Et j'étais fier de lui apprendre que je volais. Alors il s'écria :

« – Comment! tu es tombé du ciel?

– Oui, fis-je modestement[28].

– Ah! ça c'est drôle[29]... »

---

27) 우연(성), 운명
28) 검소하게, 수수하게, 조촐하게
29) 우스운, 익살스러운, 재미있는

Et le petit prince eut un très joli éclat de rire qui m'irrita beaucoup. Je désire que l'on prenne mes malheurs au sérieux. Puis il ajouta :

« – Alors, toi aussi tu viens du ciel! De quelle planète es-tu? »

J'entrevis[30] aussitôt une lueur[31], dans le mystère de sa présence, et j'interrogeai brusquement :

« – Tu viens donc d'une autre planète? »

Mais il ne me répondit pas. Il hochait la tête doucement tout en regardant mon avion :

« – C'est vrai que, là-dessus, tu ne peux pas venir de bien loin... »

Et il s'enfonça dans une rêverie[32] qui dura longtemps. Puis, sortant mon mouton de sa poche, il se plongea dans la contemplation de son trésor.

Vous imaginez combien j'avais pu être intrigué[33] par cette demi-confidence sur « les autres planètes ». Je m'efforçai donc d'en savoir plus long :

« D'où viens-tu, mon petit bonhomme? Où est-ce

---

30) 언뜻 보다, 어렴풋이 보다, 잠시 보다[만나다]
31) 희미한 빛, 미광(微光), 섬광(閃光)
32) 몽상, 공상, 명상
33) 놀란, 당황한

"chez toi"? Où veux-tu emporter mon mouton? »

Il me répondit après un silence méditatif :

« Ce qui est bien, avec la caisse que tu m'as donnée, c'est que, la nuit, ça lui servira de maison.

– Bien sûr. Et si tu es gentil, je te donnerai aussi une corde pour l'attacher pendant le jour. Et un piquet. »

La proposition parut choquer le petit prince :

« L'attacher? Quelle drôle d'idée! »

« Mais si tu ne l'attaches pas, il ira n'importe où, et il se perdra. »

Et mon ami eut un nouvel éclat de rire :

« Mais où veux-tu qu'il aille!

– N'importe où. Droit devant lui... »

Alors le petit prince remarqua gravement :

« Ça ne fait rien, c'est tellement petit, chez moi! »

Et, avec un peu de mélancolie, peut-être, il ajouta :

« Droit devant soi on ne peut pas aller bien loin... »

Le petit prince sur l'astroïde B 612.

IV

J'avais ainsi appris une seconde chose très importante : C'est que sa planète d'origine était à peine plus grande qu'une maison!

Ça ne pouvait pas m'étonner beaucoup. Je savais bien qu'en dehors des grosses planètes comme la Terre, Jupiter, Mars, Vénus, auxquelles on a donné des noms, il y en a des centaines d'autres qui sont quelquefois si petites qu'on a beaucoup de mal à les apercevoir[34] au télescope. Quand un astronome découvre l'une d'elles, il lui donne pour nom un numéro. Il l'appelle par exemple : « l'astéroïde 325. »

J'ai de sérieuses raisons de croire que la planète  d'où venait le petit prince est l'astéroïde B 612. Cet astéroïde n'a été aperçu qu'une fois au télescope, en 1909, par un astronome turc.

---

34) (안보이던 것을 갑자기) 보다, 발견하다, 얼핏 보다

Il avait fait alors une grande démonstration de sa découverte à un Congrès International d'Astronomie. Mais personne ne l'avait cru à cause de son costume. Les grandes personnes sont comme ça.

Heureusement pour la réputation de l'astéroïde B 612 un dictateur[35] turc imposa à son peuple, sous peine de mort, de s'habiller à l'Européenne. L'astronome refit[36] sa démonstration en 1920, dans un habit très élégant. Et cette fois-ci tout le monde fut de son avis.

Si je vous ai raconté ces détails sur l'astéroïde B 612 et si je vous ai confié[37] son numéro, c'est à cause des grandes personnes. Les grandes personnes aiment les chiffres. Quand vous leur parlez d'un nouvel ami, elles ne vous questionnent jamais sur l'essentiel. Elles ne vous disent jamais : « Quel est le son de sa voix? Quels sont les jeux qu'il préfère? Est-ce qu'il

---

35) 독재자, 폭군
36) refaire (→ refit) 다시 하다, 다시 만들다, 되풀이하다
37) 맡기다, 부탁하다, 위임[위탁]하다, 의뢰하다

collectionnes papil-
lons? » Elles vous de-
mandent : « Quel âge
a-t-il? Combien a-t-il
de frères? Combien
pèse-t-il? Combien gagne son père? » Alors seulement elles croient le connaître. Si vous dites aux
grandes personnes : « J'ai vu une belle maison en briques[38] roses, avec des géraniums aux fenêtres et des
colombes sur le toit... » elles ne parviennent pas à
s'imaginer cette maison. Il faut leur dire : « J'ai vu
une maison de cent mille francs. » Alors elles
s'écrient : « Comme c'est joli! »

Ainsi, si vous leur dites : « La preuve[39] que le petit
prince a existé c'est qu'il était ravissant[40], qu'il riait,
et qu'il voulait un mouton. Quand on veut un mouton, c'est la preuve qu'on existe » elles hausseront
les épaules et vous traiteront d'enfant! Mais si vous
leur dites : « La planète d'où il venait est l'astéroïde
B 612 », alors elles seront convaincues[41], et elles

---

38) 공들여 닦다 briquer (→ briques)
39) 증거, 근거, (감정·성격 따위의) 증명, 표시
40) 황홀하게 하는, 매혹적인
41) 설득하다, 납득시키다 convaincre(→ convaincues)

vous laisseront tranquille avec leurs questions. Elles sont comme ça. Il ne faut pas leur en vouloir. Les enfants doivent être très indulgents envers les grandes personnes.

Mais, bien sûr, nous qui comprenons la vie, nous nous moquons bien des numéros! J'aurais aimé commencer cette histoire à la façon des contes de fées[42]. J'aurais aimé dire :

« Il était une fois un petit prince qui habitait une planète à peine plus grande que lui, et qui avait besoin d'un ami... » Pour ceux qui comprennent la vie, ça aurait eu l'air beaucoup plus vrai.

Car je n'aime pas qu'on lise mon livre à la légère. J'éprouve tant de chagrin à raconter ces souvenirs. Il y a six ans déjà que mon ami s'en est allé avec son mouton. Si j'essaie ici de le décrire[43], c'est afin de ne pas l'oublier. C'est triste d'oublier un ami. Tout le monde n'a pas eu un ami. Et je puis devenir comme les grandes personnes qui ne s'intéressent plus qu'aux chiffres. C'est donc pour ça encore que j'ai acheté une boîte de couleurs et des crayons.

---

42) 요정, 선녀 fée(→ fées)
43) 묘사하다, 서술하다, 기술하다

C'est dur de se remettre au dessin, à mon âge, quand on n'a jamais fait d'autres tentatives[44] que celle d'un boa fermé et celle d'un boa ouvert, à l'âge de six ans! J'essaierai, bien sûr, de faire des portraits le plus ressemblants possible. Mais je ne suis pas tout à fait certain de réussir. Un dessin va, et l'autre ne ressemble plus. Je me trompe un peu aussi sur la taille. Ici le petit prince est trop grand. Là il est trop petit. J'hésite aussi sur la couleur de son costume.

Alors je tâtonne[45] comme ci et comme ça, tant bien que mal. Je me tromperai enfin sur certains détails plus importants. Mais ça, il faudra me le pardonner. Mon ami ne donnait jamais d'explications. Il me croyait peut-être semblable à lui. Mais moi, malheureusement, je ne sais pas voir les moutons à travers les caisses. Je suis peut être un peu comme les grandes personnes. J'ai dû vieillir[46].

---

44) 시도(試圖), 기도
45) 더듬다, 주저하다, 모색하다
46) 늙다, 나이 먹다, 노쇠하다, 노년을 보내다

V

Chaque jour j'apprenais quelque chose sur la planète, sur le départ, sur le voyage. Ça venait tout doucement, au hasard des réflexions. C'est ainsi que, le troisième jour, je connus le drame des baobabs.

Cette fois-ci encore ce fut grâce au mouton, car brusquement[47] le petit prince m'interrogea, comme pris d'un doute[48] grave :

« C'est bien vrai, n'est-ce pas, que les moutons mangent les arbustes[49]?

– Oui. C'est vrai.

– Ah! Je suis content! »

Je ne compris pas pourquoi il était si important que les moutons mangeassent les arbustes. Mais le petit prince ajouta :

« Par conséquent ils mangent aussi les baobabs? »

Je fis remarquer au petit prince que les baobabs ne sont pas des arbustes, mais des arbres grands comme des églises et que, si même il emportait avec lui tout un troupeau[50] d'éléphants, ce trou-

---

47) 갑자기, 느닷없이
48) 의심, 의혹, 회의
49) 소관목

peau ne viendrait pas à bout d'un seul baobab.

L'idée du troupeau d'éléphants fit rire le petit prince :

« Il faudrait les mettre les uns sur les autres... »

Mais il remarqua avec sagesse[51] :

« Les baobabs, avant de grandir, ça commence par être petit.

– C'est exact! Mais pourquoi veux-tu que tes moutons mangent les petits baobabs? »

Il me répondit : « Ben! Voyons! » comme s'il s'agissait là d'une évidence. Et il me fallut un grand effort d'intelligence pour comprendre à moi seul ce problème.

Et en effet, sur la planète du petit prince, il y avait comme sur toutes les planètes, de bonnes herbes et de mauvaises herbes. Par conséquent

---

50)(동물의)떼, 무리, (특히)양떼(= troupeau de moutons)
51) 현명함, 지혜, 사려, 신중함(= circonspection)

de bonnes graines de bonnes herbes et de mauvaises graines de mauvaises herbes. Mais les graines sont invisibles. Elles dorment dans le secret de la terre jusqu'à ce qu'il prenne fantaisie à l'une d'elles de se réveiller. Alors elle s'étire[52], et pousse d'abord timidement vers le soleil une ravissante[53] petite brindille[54] inoffensive[55]. S'il s'agit d'une brindille de radis ou de rosier[56], on peut la laisser pousser comme elle veut. Mais s'il s'agit d'une

---

52) (가죽 무두질용) 칼
53) 황홀하게 하는, 매혹적인
54) 잔가지
55) 해를 끼치지 않는, 대수롭지 않은(= innocent, anodin, bénin)
56) [식물]장미 나무

mauvaise plante, il faut arracher[57] la plante aussitôt, dès qu'on a su la reconnaître. Or il y avait des graines terribles sur la planète du petit prince… c'étaient les graines de baobabs. Le sol de la planète en était infesté[58]. Or un baobab, si l'on s'y prend trop tard, on ne peut jamais plus s'en débarrasser. Il encombre[59] toute la planète. Il la perfore de ses racines. Et si la planète est trop petite, et si les baobabs sont trop nombreux, ils la font éclater.

« C'est une question de discipline, me disait plus tard le petit prince. Quand on a terminé sa toilette du matin, il faut faire soigneusement la toilette de la planète. Il faut s'astreindre régulièrement à arracher les baobabs dès qu'on les distingue d'avec les rosiers auxquels ils ressemblent beaucoup quand ils sont très jeunes. C'est un travail très ennuyeux, mais très facile. »

Et un jour il me conseilla de m'appliquer à réussir un beau dessin, pour bien faire entrer ça dans la tête des enfants de chez moi. « S'ils voyagent un jour, me disait-il, ça pourra leur servir. Il

---

57) (나무·채소 따위를) 뿌리채 뽑다[캐다](= déraciner, récolter)
58) [옛·문어]휩쓸고 다니다, 황폐화시키다(= dévaster, ravager)
59) [옛]장애, 곤란, 고장, 사고(= obstacle, difficulté, accident)

est quelquefois sans inconvénient de remettre à plus tard son travail. Mais, s'il s'agit des baobabs, c'est toujours une catastrophe. J'ai connu une planète, habitée par un paresseux. Il avait négligé trois arbustes... »

Et, sur les indications du petit prince, j'ai dessiné cette planète-là. Je n'aime guère prendre le ton d'un moraliste. Mais le danger des baobabs est si peu connu, et les risques courus par celui qui s'égarerait dans un astéroïde[60] sont si considérables, que, pour une fois, je fais exception à ma réserve. Je dis : « Enfants! Faites attention aux baobabs! » C'est pour avertir mes amis d'un danger qu'ils frôlaient depuis longtemps, comme moi-même, sans le connaître, que j'ai tant travaillé ce dessin-là. La leçon que je donnais en valait la peine. Vous vous demanderez peut-être : Pourquoi n'y a-t-il pas, dans ce livre, d'autres dessins aussi grandioses que le dessin des baobabs? La réponse est bien simple : J'ai essayé mais je n'ai pas pu réussir. Quand j'ai dessiné les baobabs j'ai été animé par le sentiment de l'urgence.

---

60) [천문]소행성(小行星), (= planétoïde)

Les baobabs.

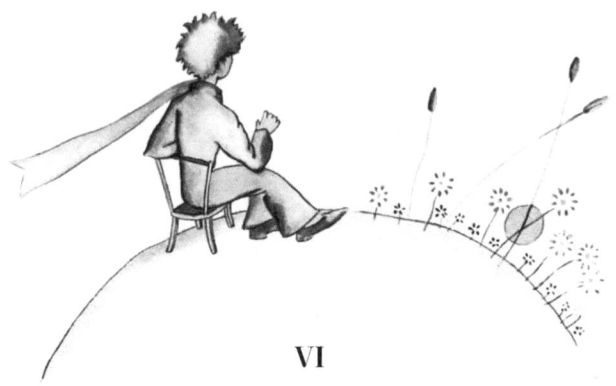

VI

Ah! petit prince, j'ai compris, peu à peu, ainsi, ta petite vie mélancolique. Tu n'avais eu longtemps pour distraction[61] que la douceur des couchers de soleil. J'ai appris ce détail nouveau, le quatrième jour au matin, quand tu m'as dit :

« J'aime bien les couchers de soleil. Allons voir un coucher de soleil...

– Mais il faut attendre...

– Attendre quoi?

– Attendre que le soleil se couche. »

Tu as eu l'air très surpris d'abord, et puis tu as ri de toi même. Et tu m'as dit :

« Je me crois toujours chez moi! »

---

61) 부주의, 방심, 실수(= inattention, étourderie, bévue, erreur)

En effet. Quand il est midi aux États-Unis, le soleil, tout le monde le sait, se couche sur la France. Il suffirait de pouvoir aller en France en une minute pour assister au coucher de soleil. Malheureusement la France est bien trop éloignée. Mais, sur ta si petite planète, il te suffisait de tirer ta chaise de quelques pas. Et tu regardais le crépuscule[62] chaque fois que tu le désirais...

« Un jour, j'ai vu le soleil se coucher quarante-trois fois! »

Et un peu plus tard tu ajoutais :

« Tu sais... quand on est tellement triste on aime les couchers de soleil...

– Le jour des quarante-trois fois tu étais donc tellement triste? »

Mais le petit prince ne répondit pas.

VII

Le cinquième jour, toujours grâce au mouton, ce secret de la vie du petit prince me fut révélé. Il me demanda avec brusquerie, sans préambule[63],

---

62) [옛]새벽빛, 어스름한 빛

comme le fruit d'un problème longtemps médité en silence :

« Un mouton, s'il mange les arbustes, il mange aussi les fleurs?

– Un mouton mange tout ce qu'il rencontre.

– Même les fleurs qui ont des épines?

– Oui. Même les fleurs qui ont des épines.

– Alors les épines, à quoi servent-elles? »

Je ne le savais pas. J'étais alors très occupé à essayer de dévisser un boulon trop serré de mon moteur. J'étais très soucieux [64]car ma panne commençait de m'apparaître comme très grave, et l'eau à boire qui s'épuisait me faisait craindre le pire.

« Les épines, à quoi servent-elles? »

Le petit prince ne renonçait jamais à une question, une fois qu'il l'avait posée. J'étais irrité [65]par mon boulon et je répondis n'importe quoi :

« Les épines, ça ne sert à rien, c'est de la pure méchanceté de la part des fleurs!

---

63) 머리말, 서문, 서두, (법률 따위의) 전문
64) 걱정하는, 걱정스러운
65) 성이 난, 화가 난, 신경질이 난

– Oh! »

Mais après un silence il me lança, avec une sorte de rancune[66] :

« Je ne te crois pas! Les fleurs sont faibles. Elles sont naïves. Elles se rassurent comme elles peuvent. Elles se croient terribles avec leurs épines... »

Je ne répondis rien. À cet instant-là je me disais : « Si ce boulon résiste encore, je le ferai sauter d'un coup de marteau[67]. » Le petit prince dérangea de nouveau mes réflexions :

« Et tu crois, toi, que les fleurs...

– Mais non! Mais non! Je ne crois rien! J'ai répondu n'importe quoi. Je m'occupe, moi, de choses sérieuses! »

Il me regarda stupéfait[68].

« De choses sérieuses! »

Il me voyait, mon marteau à la main, et les doigts noirs de cambouis, penché sur un objet qui lui semblait très laid.

« Tu parles comme les grandes personnes! »

---

66) 원한, 앙심
67) 망치, 해머
68) 아연실색한, 어안이 벙벙해진, 몹시 놀란(=abasourdi, ébahi)

Ça me fit un peu honte. Mais, impitoyable[69], il ajouta :

« Tu confonds tout... tu mélanges tout! »

Il était vraiment très irrité. Il secouait au vent des cheveux tout dorés :

« Je connais une planète où il y a un Monsieur cramoisi[70]. Il n'a jamais respiré une fleur. Il n'a jamais regardé une étoile. Il n'a jamais aimé personne. Il n'a jamais rien fait d'autre que des additions. Et toute la journée il répète comme toi : "Je suis un homme sérieux! Je suis un homme sérieux!" et ça le fait gonfler[71] d'orgueil[72]. Mais ce n'est pas un homme, c'est un champignon! »

– Un quoi?

– Un champignon!

Le petit prince était maintenant tout pâle de colère.

---

69) 무정한, 비정한, 냉혹한(=cruel, implacable)
70) 진홍빛[색]의
71) 부풀리다, 팽창시키다
72) 오만, 거만, 교만 (=arrogance, insolence)

« Il y a des millions d'années que les fleurs fabriquent des épines. Il y a des millions d'années que les moutons mangent quand même les fleurs. Et ce n'est pas sérieux de chercher à comprendre pourquoi elles se donnent tant de mal pour se fabriquer des épines qui ne servent jamais à rien? Ce n'est pas important la guerre des moutons et des fleurs? Ce n'est pas plussérieux et plus important que les additions d'un gros Monsieur rouge? Et si je connais, moi, une fleur unique au monde, qui n'existe nulle [73])part, sauf dans ma planète, et qu'un petit moutonpeut anéantir d'un seul coup, comme ça, un matin, sans se rendre compte de ce qu'il fait, ce n'est pas important ça! »

Il rougit, puis reprit :

« Si quelqu'un aime une fleur qui n'existe qu'à un exemplaire dans les millions et les millions d'étoiles, ça suffit pour qu'il soit heureux quand il les regarde. Il se dit : "Ma fleur est là quelque part..." Mais si le mouton mange la fleur, c'est pour lui comme si, brusquement, toutes les étoiles s'éteignaient! Et ce n'est pas important ça! »

---

73) 무의, 전무(全無)의, 실재하지 않는

Il ne put rien dire de plus. Il éclata brusquement en sanglots. La nuit était tombée. J'avais lâché[74] mes outils. Je me moquais bien de mon marteau, de mon boulon, de la soif et de la mort. Il y avait, sur une étoile, une planète, la mienne, la Terre, un petit prince à consoler! Je le pris dans les bras. Je le berçai. Je lui disais : « La fleur que tu aimes n'est pas en danger... Je lui dessinerai une muselière[75], à ton mouton... Je te dessinerai une armure[76] pour ta fleur... Je... » Je ne savais pas trop quoi dire. Je me sentais très maladroit. Je ne savais comment l'atteindre, où le rejoindre... C'est tellement mystérieux, le pays des larmes.

VIII

J'appris bien vite à mieux connaître cette fleur. Il y avait toujours eu, sur la planète du petit prince, des fleurs très simples, ornées d'un seul rang de pétales, et qui ne tenaient point de place, et qui ne dérangeaient personne. Elles apparaissaient un

---

74) [미술]아무렇게나 그린[만든], 활기 없는
75) (짐승의) 부리망
76) 갑옷, (군함의) 장갑철판

matin dans l'herbe, et puis elles s'éteignaient le soir. Mais celle-là avait germé[77] un jour, d'une graine apportée d'on ne sait où, et le petit prince avait surveillé [78]de très près cette brindille qui ne ressemblait pas aux autres brindilles. Ça pouvait être un nouveau genre de baobab. Mais l'arbuste cessa vite de croître, et commença de préparer une fleur. Le petit prince, qui assistait à l'installation d'un bouton énorme, sentait bien qu'il en sortirait une apparition miraculeuse, mais la fleur n'en finissait pas de se préparer à être belle, à l'abri [79]de sa chambre verte. Elle choisissait avec soin ses couleurs. Elle s'habillait lentement, elle ajustait un à un ses pétales. Elle ne voulait pas sortir toute fripée comme les coquelicots. Elle ne voulait apparaître que dans le plein rayonnement de sa beauté. Eh! oui. Elle était très coquette! Sa toilette mystérieuse avait donc duré des jours et des jours. Et puis voici qu'un matin, justement à l'heure du lever du soleil, elle s'était montrée. Et elle, qui avait trav-

---

77) 싹이 튼
78) 감시[감독] 하에 있는
79) 피난처, 보호처, (등산길의) 대피소, (정류장의) 간이 비바람막이 시설(=refuge, asile, gîte, abribus)

aillé avec tant de précision, dit en bâillant :

« Ah! Je me réveille à peine... Je vous demande pardon... Je suis encore toute décoiffée... »

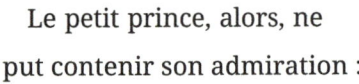

Le petit prince, alors, ne put contenir son admiration :

« Que vous êtes belle!

– N'est-ce pas, répondit doucement la fleur. Et je suis née en même temps que le soleil... »

Le petit prince devina[80] bien qu'elle n'était pas trop modeste, mais elle était si émouvante[81]!

« C'est l'heure, je crois, du petit déjeuner, avait-elle bientôt ajouté, auriez-vous la bonté de penser à moi... »

Et le petit prince, tout confus, ayant été chercher un arrosoir d'eau fraîche, avait servi la fleur.

---

80) [드물게] 점치다, 예언하다
81) 감동시키는, 마음을 움직이는, 감동적인(=attendrissant, pathétique)

Ainsi l'avait-elle bien vite tourmenté par sa vanité un peu ombrageuse. Un jour, par exemple, parlant de ses quatre épines, elle avait dit au petit prince :

« Ils peuvent venir, les tigres, avec leurs griffes!

– Il n'y a pas de tigres sur ma planète, avait objecté le petit prince, et puis les tigres ne mangent pas l'herbe.

– Je ne suis pas une herbe, avait doucement répondu la fleur.

– Pardonnez-moi...

– Je ne crains rien des tigres, mais j'ai horreur des courants d'air. Vous n'auriez pas un paravent? »

« Horreur des courants d'air... ce n'est pas de chance, pour une plante, avait remarqué le petit prince. Cette fleur est bien compliquée... »

« Le soir vous me mettrez sous globe. Il fait très froid chez vous. C'est mal installé. Là d'où je viens... »

Mais elle s'était interrompue[82]). Elle était venue sous forme de graine. Elle n'avait rien pu connaître des autres mondes. Humiliée[83] de s'être laissé surprendre à préparer un mensonge[84] aussi naïf, elle avait toussé[85] deux ou trois fois, pour mettre le petit prince dans son tort :

« Ce paravent?...

– J'allais le chercher mais vous me parliez! »

Alors elle avait forcé sa toux pour lui infliger quand même des remords.

Ainsi le petit prince, malgré la bonne volonté de son amour, avait vite douté d'elle. Il avait pris au sérieux des mots sans importance, et était devenu très malheureux.

« J'aurais dû ne pas l'écouter, me confia[86]-t-il un jour, il ne faut jamais écouter les fleurs. Il faut les regarder et les respirer. La mienne embaumait ma planète, mais je ne savais pas m'en réjouir. Cette histoire de griffes[87], qui m'avait tellement agacé,

---

82) 중단된
83) 모욕당한, 욕된
84) 거짓말, 거짓말 하기, 기만
85) 기침하다, 기침이 나다(=toussailler, toussoter)
86) 맡기다, 부탁하다, 위임[위탁]하다, 의뢰하다

eût dû m'attendrir… »

Il me confia encore :

« Je n'ai alors rien su comprendre! J'aurais dû la juger sur les actes et non sur les mots. Elle m'embau-
mait[88]) et m'éclairait. Je n'aurais jamais dû m'enfuir! J'aurais dû deviner sa tendresse derrière ses pauvres ruses. Les fleurs sont si contradictoires! Mais j'étais trop jeune pour savoir l'aimer. »

IX

Je crois qu'il profita, pour son évasion[89]), d'une migration d'oiseaux sauvages. Au matin du départ il mit sa planète bien en ordre. Il ramona soigneusement[90]) ses volcans en activité. Il possédait deux volcans en activité. Et c'était bien commode[91]) pour faire chauffer le petit déjeuner du

---

87) griffer (발톱·손톱으로)할퀴다, 긁다
88) embaumer 향기롭게 하다
89) 탈주, 탈옥
90) 정성을 들여서
91) 편리한, 알맞은, 적합한

matin. Il possédait aussi un volcan éteint. Mais, comme il disait, « On ne sait jamais! » Il ramona donc également le volcan éteint. S'ils sont bien ramonés, les volcans brûlent doucement et régulièrement, sans éruptions. Les éruptions volcaniques sont comme des feux de cheminée. Évidemment sur notre terre nous sommes beaucoup trop petits pour ramoner nos volcans. C'est pourquoi ils nous causent des tas d'ennuis.

Le petit prince arracha aussi, avec un peu de mélancolie, les dernières pousses de baobabs. Il croyait ne jamais devoir revenir. Mais tous ces travaux familiers lui parurent, ce matin là, extrêmement doux. Et, quand il arrosa[92] une dernière fois la fleur, et se prépara à la mettre à l'abri sous son globe, il se découvrit l'envie de pleurer.

« Adieu », dit-il à la fleur.

Mais elle ne lui répondit pas.

« Adieu », répéta-t-il.

La fleur toussa. Mais ce n'était pas à cause de son rhume.

---

92) arroser 물을 주다[뿌리다], 적시다

« J'ai été sotte, lui dit-elle enfin. Je te demande pardon. Tâche d'être heureux. »

Il fut surpris par l'absence de reproches. Il restait là tout déconcerté[93], le globe en l'air. Il ne comprenait pas cette douceur calme.

« Mais oui, je t'aime, lui dit la fleur. Tu n'en as rien su, par ma faute. Cela n'a aucune importance. Mais tu as été aussi sot que moi. Tâche[94] d'être heureux... Laisse ce globe tranquille. Je n'en veux plus.

– Mais le vent...

– Je ne suis pas si enrhumée que ça... L'air frais de la nuit me fera du bien. Je suis une fleur.

– Mais les bêtes...

– Il faut bien que je supporte deux ou trois chenilles[95] si je veux connaître les papillons. Il paraît que c'est tellement beau.

Sinon qui me rendra visite? Tu seras loin, toi. Quant aux grosses bêtes, je ne crains rien. J'ai mes griffes. »

---

93) 뒤틀린
94) tâcher 하려고 애쓰다, 노력하다(=s'efforcer de)
95) (나비 따위의) 애벌레, 송충이

Il ramona soigneusement ses volcans en activité.

Et elle montrait naïvement ses quatre épines. Puis elle ajouta :

« Ne traîne pas comme ça, c'est agaçant. Tu as décidé de partir. Va-t'en. »

Car elle ne voulait pas qu'il la vît pleurer. C'était une fleur tellement orgueilleuse[96]...

X

Il se trouvait dans la région des astéroïdes 325, 326, 327, 328, 329 et 330. Il commença donc par les visiter pour y chercher une occupation et pour s'instruire.

La première était habitée par un roi. Le roi siégeait[97], habillé de pourpre[98] et d'hermine, sur un trône très simple et cependant majestueux.

« Ah! Voilà un sujet! » s'écria le roi quand il aperçut le petit prince.

Et le petit prince se demanda :

« Comment peut-il me reconnaître puisqu'il ne m'a encore jamais vu! »

Il ne savait pas que, pour les rois, le monde est très simplifié. Tous les hommes sont des sujets.

« Approche-toi que je te voie mieux », lui dit le roi qui était tout fier d'être roi pour quelqu'un.

Le petit prince chercha des yeux où s'asseoir, mais la planète était toute encombrée[99] par le

---

96) 오만[거만]한, 잘난 체하는(=arrogant, infatué)
97) siéger 자리[의석]를 차지하다
98) 자주[주홍]빛의
99) encombré 혼잡한, 붐비는

magnifique manteau d'hermine. Il resta donc debout, et, comme il était fatigué, il bâilla.

« Il est contraire à l'étiquette de bâiller en présence d'un roi, lui dit le monarque. Je te l'interdis.

– Je ne peux pas m'en empêcher, répondit le petit prince tout confus. J'ai fait un long voyage et je n'ai pas dormi...

– Alors, lui dit le roi, je t'ordonne de bâiller. Je n'ai vu personne bâiller depuis des années. Les bâillements sont pour moi des curiosités. Allons! bâille encore. C'est un ordre.

– Ça m'intimide... je ne peux plus... fit le petit prince tout rougissant.

– Hum! Hum! répondit le roi. Alors je... je t'ordonne tantôt de bâiller[100] et tantôt de...

Il bredouillait[101] un peu et paraissait vexé.

Car le roi tenait essentiellement à ce que son autorité fût respectée. Il ne tolérait pas la désobéissance. C'était un monarque absolu. Mais, comme il était très bon, il donnait des ordres raisonnables.

---

100) 하품하다
101) bredouiller 성급하고 불분명하게 말하다

« Si j'ordonnais, disait-il couramment[102], si j'ordonnais à un général de se changer en oiseau de mer, et si le général n'obéissait pas, ce ne serait pas la faute du général. Ce serait ma faute. »

« Puis-je m'asseoir? s'enquit timidement le petit prince.

– Je t'ordonne de t'asseoir, lui répondit le roi, qui ramena majestueusement un pan de son manteau d'hermine.

Mais le petit prince s'étonnait. La planète était minuscule[103]. Sur quoi le roi pouvait-il bien régner?

« Sire, lui dit-il... je vous demande pardon de vous interroger...

– Je t'ordonne de m'interroger, se hâta de dire le roi.

– Sire... sur quoi régnez-vous?

– Sur tout, répondit le roi, avec une grande simplicité.

– Sur tout?

Le roi d'un geste discret désigna sa planète, les autres planètes et les étoiles.

---
102) 유창하게, 거침없이(=aisément, facilement)
103) 매우 작은, 미세한

« Sur tout ça? dit le petit prince.

– Sur tout ça... répondit le roi.

Car non seulement c'était un monarque absolu mais c'était un monarque universel.

– Et les étoiles vous obéissent?

– Bien sûr, lui dit le roi. Elles obéissent aussitôt. Je ne tolère[104] pas l'indiscipline. »

Un tel pouvoir émerveilla[105] le petit prince. S'il l'avait détenu lui-même, il aurait pu assister, non pas à quarante-quatre, mais à soixante-douze, ou même à cent, ou même à deux cents couchers de soleil dans la même journée, sans avoir jamais à tirer sa chaise! Et comme il se sentait un peu triste à cause du souvenir de sa petite planète abandonnée, il s'enhardit[106] à solliciter une grâce du roi :

« Je voudrais voir un coucher de soleil... Faites-moi plaisir... Ordonnez au soleil de se coucher...

– Si j'ordonnais à un général de voler d'une fleur à l'autre à la façon d'un papillon, ou d'écrire une tragédie, ou de se changer en oiseau de mer, et si le

---

104) tolérer 허용하다, 용인하다, 너그러이 봐주다 (=autoriser, permettre, excuser, pardonner)
105) 경탄[감탄]하게 하다 (=éblouir, fasciner)
106) 대담하게 하다

général n'exécutait pas l'ordre reçu, qui, de lui ou de moi, serait dans son tort?

– Ce serait vous, dit fermement le petit prince.

– Exact. Il faut exiger de chacun ce que chacun peut donner, reprit le roi. L'autorité repose d'abord sur la raison. Si tu ordonnes à ton peuple d'aller se jeter à la mer, il fera la révolution. J'ai le droit d'exiger l'obéissance[107] parce que mes ordres sont raisonnables.

– Alors mon coucher de soleil? rappela le petit prince qui jamais n'oubliait une question une fois qu'il l'avait posée.

– Ton coucher de soleil, tu l'auras. Je l'exigerai. Mais j'attendrai, dans ma science du gouvernement, que les conditionssoient favorables.

– Quand ça sera-t-il? s'informa le petit prince.

– Hem! hem! lui répondit le roi, qui consulta d'abord un gros calendrier, hem! hem! ce sera, vers... vers... ce sera ce soir vers sept heures quarante! Et tu verras comme je suis bien obéi. »

Le petit prince bâilla. Il regrettait son coucher de soleil manqué. Et puis il s'ennuyait déjà un peu :

– Je n'ai plus rien à faire ici, dit-il au roi. Je vais repartir!

– Ne pars pas, répondit le roi qui était si fier d'avoir un sujet. Ne pars pas, je te fais ministre!

– Ministre de quoi?

– De... de la justice!

– Mais il n'y a personne à juger!

– On ne sait pas, lui dit le roi. Je n'ai pas fait en-

---

107) 복종, 순종(=soumission, subordination)

core le tour de mon royaume. Je suis très vieux, je n'ai pas de place pour un carrosse[108], et ça me fatigue de marcher.

– Oh! Mais j'ai déjà vu, dit le petit prince qui se pencha pour jeter encore un coup d'oeil sur l'autre côté de la planète. Il n'y a personne là-bas non plus…

– Tu te jugeras donc toi-même, lui répondit le roi. C'est le plus difficile. Il est bien plus difficile de se juger soi-même que de juger autrui[109]. Si tu réussis à bien te juger, c'est que tu es un véritable sage.

– Moi, dit le petit prince, je puis me juger moi-même n'importe où. Je n'ai pas besoin d'habiter ici.

– Hem! Hem! dit le roi, je crois bien que sur ma planète il y a quelque part un vieux rat. Je l'entends la nuit. Tu pourras juger ce vieux rat. Tu le condamneras à mort de temps en temps. Ainsi sa vie dépendra de ta justice. Mais tu le gracieras chaque fois pour l'économiser. Il n'y en a qu'un.

---

108) 호화로운 사륜 포장 마차
109) 남, 타인

– Moi, répondit le petit prince, je n'aime pas condamner à mort, et je crois bien que je m'en vais.

– Non », dit le roi.

Mais le petit prince, ayant achevé ses préparatifs, ne voulut point peiner le vieux monarque :

« Si Votre Majesté désirait être obéie ponctuellement, elle pourrait me donner un ordre raisonnable. Elle pourrait m'ordonner, par exemple, de partir avant une minute. Il me semble que les conditions sont favorables... »

Le roi n'ayant rien répondu, le petit prince hésita d'abord, puis, avec un soupir, prit le départ...

« Je te fais mon ambassadeur », se hâta alors de crier le roi. Il avait un grand air d'autorité.

« Les grandes personnes sont bien étranges », se dit le petit prince, en lui-même, durant son voyage.

XI

La seconde planète était habitée par un vaniteux [110] :

« Ah! Ah! Voilà la visite d'un admirateur! » s'écria de loin le vaniteux dès qu'il aperçut le petit prince.

---

110) 자만심[허영심]이 강한, 거만한, 건방진(↔modeste), (= orgueilleux)

Car, pour les vaniteux, les autres hommes sont des admirateurs.

« Bonjour, dit le petit prince. Vous avez un drôle de chapeau. »

– C'est pour saluer, lui répondit le vaniteux. C'est pour saluer quand on m'acclame[111]. Malheureusement il ne passe jamais personne par ici.

– Ah oui? dit le petit prince qui ne comprit pas.

– Frappe tes mains l'une contre l'autre, conseilla donc le vaniteux. Le petit prince frappa ses mains l'une contre l'autre. Le vaniteux[112] salua modestement en soulevant son chapeau.

« Ça c'est plus amusant que la visite au roi », se dit en luimême le petit prince. Et il recommença de frapper ses mains l'une contre l'autre. Le vaniteux recommença de saluer en soulevant son chapeau.

---

111) 환호하며 맞아들이다, 갈채를 보내다 (=applaudir)
112) 자만심[허영심]이 강한, 거만한, 건방진 (↔modeste), (=orgueilleux)

Après cinq minutes d'exercice le petit prince se fatigua de la monotonie du jeu :

– Et, pour que le chapeau tombe, demanda-t-il, que faut-il faire?

Mais le vaniteux ne l'entendit pas. Les vaniteux n'entendent jamais que les louanges.

« – Est-ce que tu m'admires vraiment beaucoup? demandat-il au petit prince.

– Qu'est-ce que signifie admirer? »

– "Admirer" signifie reconnaître que je suis l'homme le plus beau, le mieux habillé, le plus riche et le plus intelligent de la planète.

– Mais tu es seul sur ta planète!

– Fais-moi ce plaisir. Admire-moi quand même!

– Je t'admire, dit le petit prince, en haussant [113] un peu les épaules, mais en quoi cela peut-il bien t'intéresser?

Et le petit prince s'en fut.

« Les grandes personnes sont décidément bien bizarres[114] », se dit-il simplement en lui-même durant son voyage.

---

113) hausser (담 따위를) 높이다
114) 묘한, 이상한, 야릇한(↔normal), (=étrange, insolite)

XII

La planète suivante était habitée par un buveur[115]. Cette visite fut très courte, mais elle plongea le petit prince dans une grande mélancolie :

« Que fais-tu là? dit-il au buveur, qu'il trouva installé en silence devant une collection de bouteilles vides et une collection de bouteilles pleines. »

– Je bois, répondit le buveur, d'un air lugubre[116].

– Pourquoi bois-tu? lui demanda le petit prince.

– Pour oublier, répondit le buveur.

---
115) 술꾼, 술고래
116) 초상의, 장례의(=funèbre)

— Pour oublier quoi? s'enquit le petit prince qui déjà le plaignait.

— Pour oublier que j'ai honte, avoua le buveur en baissant la tête.

— Honte de quoi? s'informa le petit prince qui désirait le secourir.

— Honte de boire! acheva le buveur qui s'enferma définitivement[117] dans le silence.

Et le petit prince s'en fut, perplexe[118].

« Les grandes personnes sont décidément très très bizarres », se disait-il en lui-même durant le voyage.

XIII

La quatrième planète était celle du businessman. Cet homme était si occupé qu'il ne leva même pas la tête à l'arrivée du petit prince.

« Bonjour, lui dit celui-ci. Votre cigarette est éteinte.

— Trois et deux font cinq. Cinq et sept douze.

---

117) 결정적으로, 확정적으로
118) 난처한, 난감한, 당황한, 어쩔 줄 모르는 (=embarrassé)

Douze et trois quinze. Bonjour. Quinze et sept vingt-deux. Vingt-deux et six vingt-huit. Pas le temps de la rallumer[119]. Vingt-six et cinq trente et un. Ouf! Ça fait donc cinq cent un millions six cent vingtdeux mille sept cent trente et un.

– Cinq cents millions de quoi? »

– Hein? Tu es toujours là? Cinq cent un millions de... je ne sais plus... J'ai tellement de travail! Je suis sérieux, moi, je ne m'amuse pas à des balivernes [120]! Deux et cinq sept...

« Cinq cent un millions de quoi? » répéta le petit prince qui jamais de sa vie, n'avait renoncé à une question, une fois qu'il l'avait posée.

Le businessman leva la tête :

« Depuis cinquante-quatre ans que j'habite cette planèteci, je n'ai été dérangé que trois fois. La première fois ç'a été, il y a vingt-deux ans, par un hanneton qui était tombé Dieu sait d'où. Il répandait un bruit épouvantable, et j'ai fait quatre erreurs dans une addition. La seconde fois ç'a été, il y a

---

119) (불을) 다시 붙이다, (전기기구 따위를) 다시 켜다, (보어 없이) 불[전등]을 다시 켜다
120) (흔히 복수) 허튼 소리, 객설, 시시한 이야기

onze ans, par une crise de rhumatisme. Je manque d'exercice. Je n'ai pas le temps de flâner. Je suis sérieux, moi. La troisième fois... la voici! Je disais donc cinq cent un millions...

– Millions de quoi? »

Le businessman comprit qu'il n'était point d'espoir de paix :

– Millions de ces petites choses que l'on voit quelquefois dans le ciel.

– Des mouches?

– Mais non, des petites choses qui brillent.

– Des abeilles?

– Mais non. Des petites choses dorées qui font rêvasser[121] les fainéants. Mais je suis sérieux, moi! Je n'ai pas le temps de rêvasser.

– Ah! des étoiles?

– C'est bien ça. Des étoiles.

– Et que fais-tu de cinq cents millions d'étoiles?

– Cinq cent un millions six cent vingt-deux mille sept cent trente et un. Je suis sérieux, moi, je suis précis.

– Et que fais-tu de ces étoiles?

– Ce que j'en fais?

– Oui.

– Rien. Je les possède.

– Tu possèdes les étoiles?

– Oui.

– Mais j'ai déjà vu un roi qui...

– Les rois ne possèdent pas. Ils "règnent" sur. C'est très différent.

– Et à quoi cela te sert-il de posséder les étoiles?

---

121) 공상에 잠기다, 몽상하다

– Ça me sert à être riche.

– Et à quoi cela te sert-il d'être riche?

– À acheter d'autres étoiles, si quelqu'un en trouve.

« Celui-là, se dit en lui-même le petit prince, il raisonne un peu comme mon ivrogne[122]. »

Cependant il posa encore des questions :

– Comment peut-on posséder les étoiles?

– À qui sont-elles? riposta, grincheux, le businessman.

– Je ne sais pas. À personne.

– Alors elles sont à moi, car j'y ai pensé le premier.

– Ça suffit?

– Bien sûr. Quand tu trouves un diamant qui n'est à personne, il est à toi. Quand tu trouves une île qui n'est à personne, elle est à toi. Quand tu as une idée le premier, tu la fais breveter [123]: elle est à toi. Et moi je possède les étoiles, puisque jamais personne avant moi n'a songé à les posséder.

---

122) 술을 많이 마시는, 술꾼[술주정뱅이]의
123) (에게) 면허증[수료증]을 주다

– Ça c'est vrai, dit le petit prince. Et qu'en fais-tu?

– Je les gère. Je les compte et je les recompte, dit le businessman. C'est difficile. Mais je suis un homme sérieux! »

Le petit prince n'était pas satisfait encore.

« Moi, si je possède un foulard, je puis le mettre autour de mon cou et l'emporter. Moi, si je possède une fleur, je puis cueillir ma fleur et l'emporter. Mais tu ne peux pas cueillir les étoiles!

– Non, mais je puis les placer en banque.

– Qu'est-ce que ça veut dire?

– Ça veut dire que j'écris sur un petit papier le nombre de mes étoiles. Et puis j'enferme à clef ce papier-là dans un tiroir.

– Et c'est tout?

– Ça suffit! »

« C'est amusant, pensa le petit prince. C'est assez poétique. Mais ce n'est pas très sérieux. »

Le petit prince avait sur les choses sérieuses des idées très différentes des idées des grandes personnes.

– Moi, dit-il encore, je possède une fleur que j'arrose tous les jours. Je possède trois volcans que je ramone[124] toutes les semaines. Car je ramone aussi celui qui est éteint. On ne sait jamais. C'est utile à mes volcans, et c'est utile à ma fleur, que je les possède. Mais tu n'es pas utile aux étoiles... »

Le businessman ouvrit la bouche mais ne trouva rien à répondre, et le petit prince s'en fut.

« Les grandes personnes sont décidément tout à fait extraordinaires », se disait-il simplement en lui-même durant le voyage.

XIV

La cinquième planète était très curieuse. C'était la plus petite de toutes. Il y avait là juste assez de place pour loger un réverbère[125] et un allumeur de réverbères. Le petit prince ne parvenait pas à s'expliquer à quoi pouvaient servir, quelque part dans le ciel, sur une planète sans maison, ni population, un réverbère et un allumeur de réverbères. Cependant il se dit en lui-même :

« Peut-être bien que cet homme est absurde. Cependant il est moins absurde que le roi, que le va-

---

124) ramoner 소제하다, 청소하다
125) 반사경, (열의) 반사 장치

niteux, que le businessman et que le buveur. Au moins son travail a-t-il un sens. Quand il allume son réverbère, c'est comme s'il faisait naître une étoile de plus, ou une fleur. Quand il éteint son réverbère, ça endort la fleur ou l'étoile. C'est une occupation très jolie. C'est véritablement utile puisque c'est joli. »

Lorsqu'il aborda la planète il salua respectueusement l'allumeur :

– Bonjour. Pourquoi viens-tu d'éteindre ton réverbère?

– C'est la consigne[126], répondit l'allumeur. Bonjour.

– Qu'est-ce que la consigne?

– C'est d'éteindre mon réverbère. Bonsoir.

Et il le ralluma.

– Mais pourquoi viens-tu de le rallumer [127]?

– C'est la consigne, répondit l'allumeur.

– Je ne comprends pas, dit le petit prince.

---

126) [군사] (보초 따위에게 내리는) 명령, (일반적인 뜻의) 명령, 지령, 지시 (=instruction, ordre)
127) (불을) 다시 붙이다, (전기기구 따위를) 다시 켜다, (보어 없이) 불[전등]을 다시 켜다

– Il n'y a rien à comprendre, dit l'allumeur. La consigne c'est la consigne. Bonjour. »

Et il éteignit son réverbère.

Puis il s'épongea le front avec un mouchoir à carreaux rouges.

« Je fais là un métier terrible. C'était raisonnable autrefois. J'éteignais le matin et j'allumais le soir. J'avais le reste du jour pour me reposer, et le reste

Je fais là un métier terrible.

de la nuit pour dormir...

– Et, depuis cette époque, la consigne a changé?

– La consigne n'a pas changé, dit l'allumeur. C'est bien là le drame! La planète d'année en année a tourné de plus en plus vite, et la consigne n'a pas changé!

– Alors? dit le petit prince.

– Alors maintenant qu'elle fait un tour par minute, je n'ai plus une seconde de repos. J'allume et j'éteins une fois par minute!

– Ça c'est drôle! Les jours chez toi durent une minute!

– Ce n'est pas drôle du tout, dit l'allumeur. Ça fait déjà un mois que nous parlons ensemble.

– Un mois?

– Oui. Trente minutes. Trente jours! Bonsoir. »

Et il ralluma son réverbère.

Le petit prince le regarda et il aima cet allumeur qui était tellement fidèle à la consigne. Il se souvint des couchers de soleil que lui-même allait autrefois chercher, en tirant sa chaise.

Il voulut aider son ami :

« Tu sais... je connais un moyen de te reposer quand tu voudras...

– Je veux toujours », dit l'allumeur.

Car on peut être, à la fois, fidèle et paresseux[128].

Le petit prince poursuivit :

« Ta planète est tellement petite que tu en fais le tour en trois enjambées. Tu n'as qu'à marcher assez lentement pour rester toujours au soleil. Quand tu voudras te reposer tu marcheras... et le jour durera aussi longtemps que tu voudras.

– Ça ne m'avance pas à grand-chose[129], dit l'allumeur. Ce que j'aime dans la vie, c'est dormir.

– Ce n'est pas de chance, dit le petit prince.

– Ce n'est pas de chance, dit l'allumeur. Bonjour. »

Et il éteignit son réverbère.

« Celui-là, se dit le petit prince, tandis qu'il poursuivait plus loin son voyage, celui-là serait méprisé[130] par tous les autres, par le roi, par le vaniteux, par le buveur, par le businessman. Cependant c'est le seul qui ne me paraisse pas ridicule. C'est,

---

128) 게으른, 나태한, 무기력한, 안일한
129) (pas 또는 sans과 함께) 대단한 것, 대수로운 것
130) 무시하다, 대수롭지 않게 여기다

peut-être, parce qu'il s'occupe d'autre chose que de soi-même. »

Il eut un soupir de regret et se dit encore :

« Celui-là est le seul dont j'eusse pu faire mon ami. Mais sa planète est vraiment trop petite. Il n'y a pas de place pour deux… »

Ce que le petit prince n'osait [131]pas s'avouer, c'est qu'il regrettait cette planète bénie à cause, surtout, des mille quatre cent quarante couchers de soleil par vingt-quatre heures!

XV

La sixième planète était une planète dix fois plus vaste. Elle était habitée par un vieux Monsieur qui écrivait d'énormes livres.

« Tiens! voilà un explorateur! » s'écria-t-il, quand il aperçutle petit prince.

Le petit prince s'assit sur la table et souffla un peu. Il avait déjà tant voyagé!

« D'où viens-tu? lui dit le vieux Monsieur.

– Quel est ce gros livre? dit le petit prince. Que faites-vous ici?

---

131) oser 단행하다, 감행하다(=risquer)

– Je suis géographe, dit le vieux Monsieur.

– Qu'est-ce qu'un géographe?

– C'est un savant qui connaît où se trouvent les mers, les fleuves, les villes, les montagnes et les déserts.

– Ça c'est bien intéressant, dit le petit prince. Ça c'est enfin un véritable métier! » Et il jeta un coup d'oeil autour de lui sur la planète du géographe. Il n'avait jamais vu encore une planète aussi majestueuse.

« Elle est bien belle, votre planète. Est-ce qu'il y a des océans?

– Je ne puis pas le savoir, dit le géographe.

– Ah! (Le petit prince était déçu.) Et des montagnes?

– Je ne puis pas le savoir, dit le géographe.

– Et des villes et des fleuves et des déserts?

– Je ne puis pas le savoir non plus, dit le géographe.

– Mais vous êtes géographe!

– C'est exact, dit le géographe, mais je ne suis pas explorateur[132]. Je manque absolument d'explorateurs. Ce n'est pas le géographe qui va faire le compte des villes, des fleuves, des montagnes, des mers, des océans et des déserts. Le géographe est trop important pour flâner[133]. Il ne quitte pas son bureau. Mais il y reçoit les explorateurs. Il les interroge, et il prend en note leurs souvenirs. Et si les souvenirs de l'un d'entre eux lui paraissent intéressants, le géographe fait faire une enquête sur la moralité de l'explorateur.

– Pourquoi ça?

– Parce qu'un explorateur qui mentirait entraînerait des catastrophes dans les livres de géographie. Et aussi un explorateur qui boirait trop.

---

132) 탐험가, 탐사자
133) 한가로이 거닐다[산책하다](=baguenauder)

— Pourquoi ça? fit le petit prince.

— Parce que les ivrognes voient double. Alors le géographe noterait deux montagnes, là où il n'y en a qu'une seule.

— Je connais quelqu'un, dit le petit prince, qui serait mauvais explorateur.

— C'est possible. Donc, quand la moralité de l'explorateur paraît bonne, on fait une enquête sur sa découverte.

— On va voir?

— Non. C'est trop compliqué. Mais on exige de l'explorateur qu'il fournisse[134] des preuves. S'il s'agit par exemple de la découverte d'une grosse montagne, on exige qu'il en rapporte de grosses pierres. »

Le géographe soudain s'émut[135].

« Mais toi, tu viens de loin! Tu es explorateur! Tu vas me décrire ta planète! »

Et le géographe, ayant ouvert son registre, tailla son crayon. On note d'abord au crayon les récits

---

134) (에게)(을) 공급하다 [대주다](=alimenter, approvisionner)
135) émouvoir (정신적으로) 동요시키다, 뒤흔들다, 감동시키다(=affecter, saisir, toucher)

des explorateurs. On attend, pour noter à l'encre, que l'explorateur ait fourni des preuves.

« Alors? interrogea le géographe.

– Oh! chez moi, dit le petit prince, ce n'est pas très intéressant, c'est tout petit. J'ai trois volcans. Deux volcans en activité, et un volcan éteint. Mais on ne sait jamais.

– On ne sait jamais, dit le géographe.

– J'ai aussi une fleur.

– Nous ne notons pas les fleurs, dit le géographe.

– Pourquoi ça! c'est le plus joli!

– Parce que les fleurs sont éphémères.

– Qu'est-ce que signifie : « éphémère » ?

– Les géographies, dit le géographe, sont les livres les plus précieux de tous les livres. Elles ne se démodent[136] jamais. Il est très rare qu'une montagne change de place. Il est très rare qu'un océan se vide de son eau. Nous écrivons des choses éternelles.

– Mais les volcans éteints peuvent se réveiller, interrompit le petit prince. Qu'est-ce que signifie « éphémère »?

---

136) démoder [드물게] 유행에 뒤지게 하다

− Que les volcans soient éteints ou soient éveillés, ça revient au même pour nous autres, dit le géographe. Ce qui compte pour nous, c'est la montagne. Elle ne change pas.

− Mais qu'est-ce que signifie « éphémère »? répéta le petit prince qui, de sa vie, n'avait renoncé à une question, une fois qu'il l'avait posée.

− Ça signifie « qui est menacé de disparition[137] prochaine ».

− Ma fleur est menacée de disparition prochaine?

− Bien sûr.

« Ma fleur est éphémère[138], se dit le petit prince, et elle n'a que quatre épines pour se défendre contre le monde! Et je l'ai laissée toute seule chez moi! »

Ce fut là son premier mouvement de regret. Mais il reprit courage :

« Que me conseillez-vous d'aller visiter? demanda-t-il.

− La planète Terre, lui répondit le géographe. Elle a une bonne réputation... »

---

137) (시야에서) 사라짐(=éclipse)
138) (목숨이) 하루뿐인, 하루살이의

Et le petit prince s'en fut, songeant à sa fleur.

XVI

La septième planète fut donc la Terre.

La Terre n'est pas une planète quelconque! On y compte cent onze rois (en n'oubliant pas, bien sûr, les rois nègres), sept mille géographes, neuf cent mille businessmen, sept millions et demi d'ivrognes, trois cent onze millions de vaniteux, c'est-àdire environ deux milliards de grandes personnes. Pour vous donner une idée des dimensions de la Terre je vous dirai qu'avant l'invention de l'électricité on y devait entretenir[139], sur l'ensemble des six continents, une véritable armée de quatre cent soixante-deux mille cinq cent onze allumeurs de réverbères.

Vu d'un peu loin ça faisait un effet splendide. Les mouvements de cette armée étaient réglés comme ceux d'un ballet d'opéra. D'abord venait le tour des allumeurs de réverbères de Nouvelle-Zélande et d'Australie. Puis ceux-ci, ayant allumé leurs lampions, s'en allaient dormir. Alors entraient à leur tour dans la danse les allumeurs de réverbères de Chine et de Sibérie. Puis eux aussi s'escamotaient[140] dans les coulisses. Alors venait le tour des allumeurs de réverbères de Russie et des Indes. Puis de ceux d'Afrique et d'Europe. Puis de ceux d'Amérique du Sud. Puis de ceux d'Amérique du Nord. Et jamais ils ne se trompaient dans leur ordre d'entrée en scène. C'était grandiose[141].

---

139) (같은 상태로) 유지[보존]하다(=maintenir)
140) escamoter 감추다, 슬쩍하다, 낚아채다, 접어넣다
141) 웅대[웅장]한, 장엄한

Seuls, l'allumeur de l'unique réverbère du pôle Nord, et son confrère[142] de l'unique réverbère du pôle Sud, menaient des vies d'oisiveté[143] et de nonchalance[144] : ils travaillaient deux fois par an.

XVII

Quand on veut faire de l'esprit, il arrive que l'on mente[145] un peu. Je n'ai pas été très honnête en vous parlant des allumeurs de réverbères. Je risque de donner une fausse idée de notre planète à ceux qui ne la connaissent pas. Les hommes occupent très peu de place sur la terre. Si les deux milliards d'habitants qui peuplent la terre se tenaient debout et un peu serrés, comme pour un meeting, ils logeraient aisément[146] sur une place publique de vingt milles de long sur vingt milles de large. On pourrait entasser[147] l'humanité sur le moindre petit îlot du Pacifique.

---

142) (자유업·회사 따위의) 동료, 동업자
143) 무위, 한가
144) 무기력, 무관심, 태만, 무사태평
145) mentir 거짓말하다, 속이다
146) 쉽게, 용이하게
147) (무질서하게)쌓다, 집적(集積)하다(=accumuler, amasser)

Les grandes personnes, bien sûr, ne vous croiront pas. Elles s'imaginent tenir beaucoup de place. Elles se voient importantes comme des baobabs. Vous leur conseillerez donc de faire le calcul. Elles adorent les chiffres : ça leur plaira[148]. Mais ne perdez pas votre temps à ce pensum. C'est inutile. Vous avez confiance en moi.

Le petit prince, une fois sur terre, fut donc bien surpris de ne voir personne. Il avait déjà peur de s'être trompé de planète, quand un anneau couleur de lune remua dans le sable.

« Bonne nuit, fit le petit prince à tout hasard.

– Bonne nuit, fit le serpent.

– Sur quelle planète suis-je tombé? demanda le petit prince.

– Sur la Terre, en Afrique, répondit le serpent.

– Ah!... Il n'y a donc personne sur la Terre?

– Ici c'est le désert. Il n'y a personne dans les déserts. La Terre est grande », dit le serpent.

Le petit prince s'assit sur une pierre et leva les yeux vers le ciel :

---

148) plaire (주어는 사람) 의 마음에 들다, 의 환심을 사다

« Je me demande, dit-il, si les étoiles sont éclairées afin que chacun puisse un jour retrouver la sienne. Regarde ma planète. Elle est juste au-dessus de nous... Mais comme elle est loin!

– Elle est belle, dit le serpent. Que viens-tu faire ici?

– J'ai des difficultés avec une fleur, dit le petit prince.

– Ah! » fit le serpent.

Et ils se turent.

« Où sont les hommes? reprit enfin le petit prince. On est un peu seul dans le désert...

– On est seul aussi chez les hommes », dit le serpent.

Le petit prince le regarda longtemps :

« Tu es une drôle de bête, lui dit-il enfin, mince comme un doigt...

– Mais je suis plus puissant que le doigt d'un roi », dit le serpent.

Le petit prince eut un sourire :

« Tu n'es pas bien puissant... tu n'as même pas de pattes... tu ne peux même pas voyager...

Tu es une drôle de bête, lui dit-il enfin, mince comme un doigt...

– Je puis t'emporter plus loin qu'un navire[149] », dit le serpent.

Il s'enroula autour de la cheville du petit prince, comme un bracelet d'or :

« Celui que je touche, je le rends à la terre dont il est sorti, dit-il encore. Mais tu es pur et tu viens d'une étoile... »

Le petit prince ne répondit rien.

---

149) 배, 선박

« Tu me fais pitié, toi si faible, sur cette Terre de granit. Je puis t'aider un jour si tu regrettes trop ta planète. Je puis...

– Oh! J'ai très bien compris, fit le petit prince, mais pourquoi parles-tu toujours par énigmes?

– Je les résous toutes », dit le serpent.

Et ils se turent.

XVIII

Le petit prince traversa le désert et ne rencontra qu'une fleur. Une fleur à trois pétales, une fleur de rien du tout...

« Bonjour, dit le petit prince.

– Bonjour, dit la fleur.

– Où sont les hommes? » demanda poliment le petit prince. La fleur, un jour, avait vu passer une caravane[150] :

« Les hommes? Il en existe, je crois, six ou sept. Je les ai aperçus il y a des années. Mais on ne sait jamais où les trouver. Le vent les promène. Ils manquent de racines, ça les gêne beaucoup.

---

150) (사막 지역의) 대상(隊商)

– Adieu, fit le petit prince.

– Adieu », dit la fleur.

XIX

Le petit prince fit l'ascension[151] d'une haute montagne. Les seules montagnes qu'il eût jamais connues étaient les trois volcans qui lui arrivaient au genou. Et il se servait du volcan éteint comme d'un tabouret[152]. « D'une montagne haute comme celle-ci, se dit-il donc, j'apercevrai d'un coup toute la planète et tous les hommes... » Mais il n'aperçut rien que des aiguilles de roc bien aiguisées.

---
151) 올라가기, 상승, 등반, 등정(=montée, escalade), (↔descente)
152) (팔걸이·등이 없는) 의자

« Bonjour, dit-il à tout hasard.

– Bonjour... Bonjour... Bonjour... répondit l'écho.

– Qui êtes-vous ? dit le petit prince.

– Qui êtes-vous... qui êtes-vous... qui êtes-vous... répondit l'écho.

– Soyez mes amis, je suis seul, dit-il.

– Je suis seul... je suis seul... je suis seul... » répondit l'écho.

« Quelle drôle de planète ! pensa-t-il alors. Elle est toute sèche, et toute pointue et toute salée. Et les hommes manquent d'imagination. Ils répètent ce qu'on leur dit... Chez moi j'avais une fleur : elle parlait toujours la première... »

XX

Mais il arriva que le petit prince, ayant longtemps marché à travers les sables, les rocs et les neiges, découvrit enfin une route. Et les routes vont toutes chez les hommes.

« Bonjour », dit-il.

C'était un jardin fleuri de roses.

« Bonjour », dirent les roses.

Le petit prince les regarda. Elles ressemblaient toutes à sa fleur.

Cette planète est toute sèche, et toute pointue et toute salée.

« Qui êtes-vous? leur demanda-t-il, stupéfait[153].

– Nous sommes des roses, dirent les roses.

– Ah! » fit le petit prince...

Et il se sentit très malheureux. Sa fleur lui avait raconté qu'elle était seule de son espèce dans l'univers. Et voici qu'il en était cinq mille, toutes semblables, dans un seul jardin!

« Elle serait bien vexée, se dit-il, si elle voyait ça... elle tousserait énormément et ferait semblant de mourir pour échapper au ridicule[154]. Et je serais bien obligé de faire semblant de la soigner, car, sinon, pour m'humilier moi aussi, elle se laisserait vraiment mourir... »

---

153) 아연실색한, 어안이 벙벙해진, 몹시 놀란 (=abasourdi, ébahi)
154) 우스꽝스러운, 가소로운, 형편없는 (=risible)

Puis il se dit encore : « Je me croyais riche d'une fleur unique, et je ne possède qu'une rose ordinaire. Ça et mes trois volcans qui m'arrivent au genou, et dont l'un, peut-être, est éteint pour toujours, ça ne fait pas de moi un bien grand prince... » Et, couché dans l'herbe, il pleura.

XXI

C'est alors qu'apparut le renard.

« Bonjour, dit le renard.

– Bonjour, répondit poliment le petit prince, qui se retourna mais ne vit rien.

– Je suis là, dit la voix, sous le pommier.

– Qui es-tu? dit le petit prince. Tu es bien joli...

– Je suis un renard, dit le renard.

– Viens jouer avec moi, lui proposa le petit prince. Je suis tellement triste...

– Je ne puis pas jouer avec toi, dit le renard. Je ne suis pas apprivoisé[155].

– Ah! pardon », fit le petit prince.

---

155) 길들여진, 순한

Mais, après réflexion, il ajouta :

« Qu'est-ce que signifie "apprivoiser"?

– Tu n'es pas d'ici, dit le renard, que cherches-tu?

– Je cherche les hommes, dit le petit prince. Qu'est-ce que signifie "apprivoiser"?

– Les hommes, dit le renard, ils ont des fusils et ils chassent. C'est bien gênant[156]! Ils élèvent aussi des poules. C'est leur seul intérêt. Tu cherches des poules?

– Non, dit le petit prince. Je cherche des amis. Qu'est-ce que signifie "apprivoiser"?

– C'est une chose trop oubliée, dit le renard. Ça signifie « créer des liens... »

―――――――――――――――――――
156) 답답한, 거추장스러운

— Créer des liens?

— Bien sûr, dit le renard. Tu n'es encore pour moi qu'un petit garçon tout semblable à cent mille petits garçons. Et je n'ai pas besoin de toi. Et tu n'as pas besoin de moi non plus. Je ne suis pour toi qu'un renard semblable à cent mille renards. Mais, si tu m'apprivoises, nous aurons besoin l'un de l'autre. Tu seras pour moi unique au monde. Je serai pour toi unique au monde...

— Je commence à comprendre, dit le petit prince. Il y a une fleur... je crois qu'elle m'a apprivoisé...

— C'est possible, dit le renard. On voit sur la Terre toutes sortes de choses...

— Oh! ce n'est pas sur la Terre », dit le petit prince. Le renard parut très intrigué [157]:

« Sur une autre planète?

— Oui.

— Il y a des chasseurs, sur cette planète-là?

— Non.

— Ça, c'est intéressant! Et des poules?

— Non.

---

157) 놀란, 당황한 (=perplexe)

– Rien n'est parfait, soupira le renard.

Mais le renard revint à son idée :

– Ma vie est monotone. Je chasse les poules, les hommes me chassent. Toutes les poules se ressemblent, et tous les hommes se ressemblent. Je m'ennuie donc un peu. Mais, si tu m'apprivoises, ma vie sera comme ensoleillée[158]. Je connaîtrai un bruit de pas qui sera différent de tous les autres. Les autres pas me font rentrer sous terre. Le tien m'appellera hors du terrier[159], comme une musique. Et puis regarde! Tu vois, là-bas, les champs de blé? Je ne mange pas de pain. Le blé pour moi est inutile. Les champs de blé ne me rappellent rien. Et ça, c'est triste! Mais tu as des cheveux couleur d'or. Alors ce sera merveilleuxquand tu m'auras apprivoisé! Le blé, qui est doré[160], me fera souvenir de toi. Et j'aimerai le bruit du vent dans le blé... »

---

158) 햇볕이 드는, 양지 바른
159) 땅굴, 땅속 둥지
160) 금도금한, 금박을 입힌

Le renard se tut et regarda longtemps le petit prince :

« S'il te plaît... apprivoise-moi! dit-il.

– Je veux bien, répondit le petit prince, mais je n'ai pas beaucoup de temps. J'ai des amis à découvrir et beaucoup de choses à connaître.

– On ne connaît que les choses que l'on apprivoise, dit le renard. Les hommes n'ont plus le temps de rien connaître. Ils achètent des choses toutes faites chez les marchands. Mais comme il n'existe point de marchands d'amis, les hommes n'ont plus d'amis. Si tu veux un ami, apprivoise-moi!

– Que faut-il faire? dit le petit prince.

– Il faut être très patient, répondit le renard. Tu t'assoiras d'abord un peu loin de moi, comme ça, dans l'herbe. Je te regarderai du coin de l'oeil et tu ne diras rien. Le langage est source de malentendus. Mais, chaque jour, tu pourras t'asseoir un peu plus près... »

Le lendemain revint le petit prince.

– Il eût mieux valu revenir à la même heure, dit le renard. Si tu viens, par exemple, à quatre heures

Si tu viens, par exemple, à quatre heures de l'après-midi, dès trois heures je commencerai d'être heureux.

de l'après-midi, dès trois heures je commencerai d'être heureux. Plus l'heure avancera, plus je me sentirai heureux. À quatre heures, déjà, je m'agiterai et m'inquiéterai ; je découvrirai le prix du bonheur! Mais si tu viens n'importe quand, je ne saurai jamais à quelle heure m'habiller le coeur... Il faut des rites.

– Qu'est-ce qu'un rite? dit le petit prince.

– C'est aussi quelque chose de trop oublié, dit le renard. C'est ce qui fait qu'un jour est différent des autres jours, une heure, des autres heures. Il y a un rite[161], par exemple, chez mes chasseurs. Ils dansent le jeudi avec les filles du village. Alors le jeudi est jour merveilleux! Je vais me promener jusqu'à la vigne. Si les chasseurs dansaient n'importe quand, les jours se ressembleraient tous, et je n'aurais point de vacances.

Ainsi le petit prince apprivoisa le renard. Et quand l'heure du départ fut proche :

– Ah! dit le renard... Je pleurerai.

– C'est ta faute, dit le petit prince, je ne te souhaitais point de mal, mais tu as voulu que je t'apprivoise...

– Bien sûr, dit le renard.

– Mais tu vas pleurer! dit le petit prince.

– Bien sûr, dit le renard.

– Alors tu n'y gagnes rien!

– J'y gagne, dit le renard, à cause de la couleur du blé.

Puis il ajouta :

---

161) (종교의) 제례, 의식, 전례(典例), (=culte)

« Va revoir les roses. Tu comprendras que la tienne est unique au monde. Tu reviendras me dire adieu, et je te ferai cadeau d'un secret. »

Le petit prince s'en fut revoir les roses.

« Vous n'êtes pas du tout semblables à ma rose, vous n'êtes rien encore, leur dit-il. Personne ne vous a apprivoisées et vous n'avez apprivoisé personne. Vous êtes comme était mon renard. Ce n'était qu'un renard semblable à cent mille autres. Mais j'en ai fait mon ami, et il est maintenant unique au monde.

Et les roses étaient bien gênées[162].

– Vous êtes belles, mais vous êtes vides, leur dit-il encore. On ne peut pas mourir pour vous. Bien sûr, ma rose à moi, un passant ordinaire croirait qu'elle vous ressemble. Mais à elle seule elle est plus importante que vous toutes, puisque c'est elle que j'ai arrosée. Puisque c'est elle que j'ai mise sous globe. Puisque c'est elle que j'ai abritée par le paravent. Puisque c'est elle dont j'ai tué les chenilles (sauf les deux ou trois pour les papillons). Puisque c'est elle que j'ai écoutée se plaindre, ou se

---

162) gêné 불편한, 곤란한

vanter, ou même quelquefois se taire. Puisque c'est ma rose. »

Et il revint vers le renard :

« Adieu, dit-il...

— Adieu, dit le renard. Voici mon secret. Il est très simple : on ne voit bien qu'avec le coeur. L'essentiel est invisible pour les yeux.

— L'essentiel est invisible pour les yeux, répéta le petit prince, afin de se souvenir.

— C'est le temps que tu as perdu pour ta rose qui fait ta rose si importante.

— C'est le temps que j'ai perdu pour ma rose... fit le petit prince, afin de se souvenir.

Et, couché dans l'herbe, il pleura.

– Les hommes ont oublié cette vérité, dit le renard. Mais tu ne dois pas l'oublier. Tu deviens responsable pour toujours de ce que tu as apprivoisé. Tu es responsable de ta rose... »

– Je suis responsable de ma rose...... répéta le petit prince, afin de se souvenir.

XXII

« Bonjour, dit le petit prince.

– Bonjour, dit l'aiguilleur[163].

– Que fais-tu ici? dit le petit prince.

– Je trie les voyageurs, par paquets de mille, dit l'aiguilleur. J'expédie les trains qui les emportent, tantôt vers la droite, tantôt vers la gauche. »

Et un rapide illuminé, grondant comme le tonnerre, fit trembler la cabine d'aiguillage.

– Ils sont bien pressés, dit le petit prince. Que cherchent-ils?

– L'homme de la locomotive l'ignore lui-même, dit l'aiguilleur.

---

163) [철도] 선로변경 통제원

Et gronda[164], en sens inverse, un second rapide illuminé.

« Ils reviennent déjà? demanda le petit prince...

– Ce ne sont pas les mêmes, dit l'aiguilleur. C'est un échange.

– Ils n'étaient pas contents, là où ils étaient?

– On n'est jamais content là où l'on est », dit l'aiguilleur.

Et gronda le tonnerre[165] d'un troisième rapide illuminé.

« Ils poursuivent les premiers voyageurs? demanda le petit prince.

– Ils ne poursuivent rien du tout, dit l'aiguilleur. Ils dorment là-dedans, ou bien ils bâillent. Les enfants seuls écrasent[166] leur nez contre les vitres.

– Les enfants seuls savent ce qu'ils cherchent, fit le petit prince. Ils perdent du temps pour une poupée de chiffons, et elle devient très importante, et si on la leur enlève, ils pleurent...

– Ils ont de la chance », dit l'aiguilleur.

---

164) gronder 으르렁거리다
165) 천둥, 뇌명(雷鳴)
166) écraser 짓눌러 납작하게 하다, 으스러뜨리다, 박살내다

XXIII

« Bonjour, dit le petit prince.

– Bonjour », dit le marchand.

C'était un marchand de pilules[167] perfectionnées qui apaisent la soif. On en avale une par semaine et l'on n'éprouve plus le besoin de boire.

« Pourquoi vends-tu ça? dit le petit prince.

– C'est une grosse économie de temps, dit le marchand. Les experts ont fait des calculs. On épargne[168] cinquante-trois minutes par semaine.

– Et que fait-on de ces cinquante-trois minutes?

– On en fait ce que l'on veut...

« Moi, se dit le petit prince, si j'avais cinquante-trois minutes à dépenser, je marcherais tout doucement vers une fontaine... »

---
167) pilule 타블렛, 환약
168) 절약, 검약(=économie,), (↔gaspillage)

XXIV

Nous en étions au huitième jour de ma panne dans le désert, et j'avais écouté l'histoire du marchand en buvant la dernière goutte[169] de ma provision d'eau :

« Ah! dis-je au petit prince, ils sont bien jolis, tes souvenirs, mais je n'ai pas encore réparé mon avion, je n'ai plus rien à boire, et je serais heureux, moi aussi, si je pouvais marcher tout

doucement vers une fontaine!

– Mon ami le renard, me dit-il...

– Mon petit bonhomme, il ne s'agit plus du renard!

– Pourquoi?

– Parce qu'on va mourir de soif... »

Il ne comprit pas mon raisonnement[170], il me répondit :

« C'est bien d'avoir eu un ami, même si l'on va mourir. Moi, je suis bien content d'avoir eu un ami renard... »

---

169) 방울, 물방울
170) 이성적 사유, 고찰 (=logique, réflexion)

« Il ne mesure pas le danger, me dis-je. Il n'a jamais ni faim ni soif. Un peu de soleil lui suffit... »

Mais il me regarda et répondit à ma pensée :

« J'ai soif aussi... cherchons un puits[171]... »

J'eus un geste de lassitude[172] : il est absurde[173] de chercher un puits, au hasard, dans l'immensité du désert. Cependant nous nous mîmes en marche.

Quand nous eûmes marché, des heures, en silence, la nuit tomba, et les étoiles commencèrent de s'éclairer. Je les apercevais comme en rêve, ayant un peu de fièvre, à cause de ma soif. Les mots du petit prince dansaient dans ma mémoire :

« Tu as donc soif, toi aussi? lui demandai-je.

Mais il ne répondit pas à ma question. Il me dit simplement :

– L'eau peut aussi être bonne pour le coeur... »

Je ne compris pas sa réponse mais je me tus... Je savais bien qu'il ne fallait pas l'interroger.

Il était fatigué. Il s'assit. Je m'assis auprès de lui. Et, après un silence, il dit encore :

---

171) 우물
172) 피로 (=fatigue)
173) 사리에 어긋나는, 터무니없는, 불합리[부조리]한(=déraisonnable, insensé, stupide)

– Les étoiles sont belles, à cause d'une fleur que l'on ne voit pas...

Je répondis « bien sûr » et je regardai, sans parler, les plisdu sable sous la lune.

« Le désert est beau », ajouta-t-il...

Et c'était vrai. J'ai toujours aimé le désert. On s'assoit sur une dune de sable. On ne voit rien. On n'entend rien. Et cependant quelque chose rayonne en silence...

« Ce qui embellit[174] le désert, dit le petit prince, c'est qu'il cache un puits quelque part... »

Je fus surpris de comprendre soudain ce mystérieux rayonnement du sable. Lorsque j'étais petit garçon j'habitais une maison ancienne, et la légende racontait qu'un trésor y était enfoui[175]. Bien sûr, jamais personne n'a su le découvrir, ni peut-être même ne l'a cherché. Mais il enchantait toute cette maison. Ma maison cachait un secret au fond de son coeur...

« Oui, dis-je au petit prince, qu'il s'agisse de la maison, des étoiles ou du désert, ce qui fait leur beauté est invisible!

---

174) embellir 아름답게 하다
175) enfouir 묻다, 심다, 매장하다

– Je suis content, dit-il, que tu sois d'accord avec mon renard. »

Comme le petit prince s'endormait, je le pris dans mes bras, et me remis en route. J'étais ému[176]. Il me semblait porter un trésor fragile. Il me semblait même qu'il n'y eût rien de plus fragile sur la Terre. Je regardais, à la lumière de la lune, ce front pâle, ces yeux clos, ces mèches de cheveux qui tremblaient au vent, et je me disais : « Ce que je vois là n'est qu'une écorce[177]. Le plus important est invisible... »

Comme ses lèvres entr'ouvertes[178] ébauchaient[179] un demisourire je me dis encore : « Ce qui m'émeut si fort de ce petit prince endormi, c'est sa fidélité pour une fleur, c'est l'image d'une rose qui rayonne en lui comme la flamme d'une lampe, même quand il dort... » Et je le devinai plus fragile encore. Il faut bien protéger les lampes : un coup de vent peut les éteindre...

---

176) 감동한, 감격한, 흥분한
177) (나무・과실의) 껍질
178) 갈라진, 반쯤 열린
179) ébaucher 대강 다듬다, 초벌 손질을 하다

Et, marchant ainsi, je découvris le puits au lever du jour.

XXV

« Les hommes, dit le petit prince, ils s'enfournent[180] dans les rapides, mais ils ne savent plus ce qu'ils cherchent. Alors ils s'agitent et tournent en rond... »

Et il ajouta :

« Ce n'est pas la peine... »

Le puits que nous avions atteint ne ressemblait pas aux puits sahariens. Les puits sahariens sont de simples trous creusés dans le sable. Celui-là ressemblait à un puits de village. Mais il n'y avait là aucun village, et je croyais rêver.

« C'est étrange, dis-je au petit prince, tout est prêt : la poulie, le seau et la corde... »

Il rit, toucha la corde, fit jouer la poulie[181]. Et la poulie gémit comme gémit une vieille girouette quand le vent a longtemps dormi.

---

180) enfourner (빵・도기 따위를) 화덕에 넣다
181) 도르래, 활차

Il rit, toucha la corde, fit jouer la poulie.

« Tu entends, dit le petit prince, nous réveillons ce puits et il chante... »

Je ne voulais pas qu'il fît un effort :

« Laisse-moi faire, lui dis-je, c'est trop lourd pour toi.

Lentement je hissai le seau jusqu'à la margelle[182]. Je l'y installai bien d'aplomb[183]. Dans mes oreilles durait le chant de la poulie et, dans l'eau qui tremblait encore, je voyais trembler le soleil.

– J'ai soif de cette eau-là, dit le petit prince, donne-moi à boire... »

Et je compris ce qu'il avait cherché!

Je soulevai le seau jusqu'à ses lèvres. Il but, les yeux fermés. C'était doux comme une fête. Cette eau était bien autre chose qu'un aliment. Elle était née de la marche sous les étoiles, du chant de la poulie, de l'effort de mes bras. Elle était bonne pour le coeur, comme un cadeau. Lorsque j'étais petit garçon, la lumière de l'arbre de Noël, la musique de la messe de minuit, la douceur des sourires faisaient ainsi tout le rayonnement[184] du cadeau de Noël que je recevais.

« Les hommes de chez toi, dit le petit prince, cultivent cinq mille roses dans un même jardin... et ils n'y trouvent pas ce qu'ils cherchent...

– Ils ne le trouvent pas, répondis-je...

---

182) (우물 따위의) 테두리 돌
183) 수직, 연직(鉛直), (수직 상태의) 균형, 안정성 (=équilibre)
184) 빛남, 반짝임, 광휘(光輝)

—- Et cependant ce qu'ils cherchent pourrait être trouvé dans une seule rose ou un peu d'eau...

—- Bien sûr », répondis-je.

Et le petit prince ajouta :

— Mais les yeux sont aveugles. Il faut chercher avec le coeur.

J'avais bu. Je respirais bien. Le sable, au lever du jour, est couleur de miel. J'étais heureux aussi de cette couleur de miel. Pourquoi fallait-il que j'eusse de la peine...

« Il faut que tu tiennes ta promesse[185], me dit doucement le petit prince, qui, de nouveau, s'était assis auprès de moi.

— Quelle promesse?

— Tu sais... une muselière pour mon mouton... je suis responsable de cette fleur! »

Je sortis de ma poche mes ébauches de dessin. Le petit prince les aperçut et dit en riant :

« Tes baobabs, ils ressemblent un peu à des choux......

— Oh! »

---

185) 약속 (=engagement, parole)

Moi qui étais si fier des baobabs!

– Ton renard... ses oreilles... elles ressemblent un peu à des cornes... et elles sont trop longues!

Et il rit encore.

« Tu es injuste, petit bonhomme, je ne savais rien dessiner que les boas fermés et les boas ouverts.

– Oh! ça ira, dit-il, les enfants savent. »

Je crayonnai donc une muselière[186]. Et j'eus le coeur serré en la lui donnant :

– Tu as des projets que j'ignore...

Mais il ne me répondit pas. Il me dit :

« Tu sais, ma chute sur la Terre... c'en sera demain l'anniversaire... »

Puis, après un silence il dit encore :

« J'étais tombé tout près d'ici... »

Et il rougit.

Et de nouveau, sans comprendre pourquoi, j'éprouvai un chagrin[187] bizarre. Cependant une question me vint :

« Alors ce n'est pas par hasard que, le matin où je t'ai connu, il y a huit jours, tu te promenais comme

---

186) (짐승의) 부리망
187) (마음의) 괴로움, 고통

ça, tout seul, à mille milles de toutes les régions habitées! Tu retournais vers le point de ta chute? »

Le petit prince rougit encore.

Et j'ajoutai, en hésitant :

« À cause, peut-être, de l'anniversaire?... »

Le petit prince rougit de nouveau. Il ne répondait jamais aux questions, mais, quand on rougit, ça signifie « oui », n'est-ce pas?

« Ah! lui dis-je, j'ai peur... »

Mais il me répondit :

« Tu dois maintenant travailler. Tu dois repartir vers ta machine. Je t'attends ici. Reviens demain soir... »

Mais je n'étais pas rassuré. Je me souvenais du renard. On risque de pleurer un peu si l'on s'est laissé apprivoiser...

XXVI

Il y avait, à côté du puits, une ruine de vieux mur de pierre. Lorsque je revins de mon travail, le lendemain soir, j'aperçus de loin mon petit prince assis là-haut, les jambes pendantes. Et je l'entendis qui parlait :

« Tu ne t'en souviens donc pas? disait-il. Ce n'est pas tout à fait ici! »

Une autre voix lui répondit sans doute, puisqu'il répliqua :

« Si! Si! c'est bien le jour, mais ce n'est pas ici l'endroit... »

Je poursuivis ma marche vers le mur. Je ne voyais ni n'entendais toujours personne. Pourtant le petit prince répliqua de nouveau :

« ... Bien sûr. Tu verras où commence ma trace dans le sable. Tu n'as qu'à m'y attendre. J'y serai cette nuit. »

J'étais à vingt mètres du mur et je ne voyais toujours rien.

Le petit prince dit encore, après un silence :

« Tu as du bon venin[188]? Tu es sûr de ne pas me faire souffrir longtemps?

Je fis halte, le coeur serré, mais je ne comprenais toujours pas.

– Maintenant va-t'en, dit-il... je veux redescendre[189]! »

---

188) (동·식물 따위의) 독, 독액
189) (주어는 사람) 다시 내려가다

Maintenant va-t'en, dit-il. je veux redescendre!

Alors j'abaissai moi-même les yeux vers le pied du mur, et je fis un bond! Il était là, dressé 190)vers le petit prince, un de ces serpents jaunes qui vous exécutent en trente secondes. Tout en fouillant ma poche pour en tirer mon revolver, je pris le pas de course, mais, au bruit que je fis, le serpent se laissa doucement couler dans le sable, comme un jet d'eau qui meurt, et, sans trop se presser, se faufila191) entre les pierres avec un léger bruit de métal.

---

190) (똑바로) 세우다, 쳐들다(=lever)
191) 교묘하게 들어가다, 슬그머니 끼어들다, 잠입하다(=s'introduire)

Je parvins[192] au mur juste à temps pour y recevoir dans les bras mon petit bonhomme de prince, pâle comme la neige.

« Quelle est cette histoire-là! Tu parles maintenant avec les serpents! »

J'avais défait[193] son éternel cache-nez d'or. Je lui avais mouillé les tempes et l'avais fait boire. Et maintenant je n'osais plus rien lui demander. Il me regarda gravement et m'entoura le cou de ses bras. Je sentais battre son coeur comme celui d'un oiseau qui meurt, quand on l'a tiré à la carabine. Il me dit :

« Je suis content que tu aies trouvé ce qui manquait à ta machine. Tu vas pouvoir rentrer chez toi...

– Comment sais-tu! »

Je venais justement lui annoncer que, contre toute espérance[194], j'avais réussi mon travail!

Il ne répondit rien à ma question, mais il ajouta :

« Moi aussi, aujourd'hui, je rentre chez moi... »

Puis, mélancolique :

---

192) 에 이르다, 다다르다
193) 해체된, 부서진, 풀린, 흐트러진
194) 희망, 기대(=espoir, attente)

« C'est bien plus loin... c'est bien plus difficile... »

Je sentais bien qu'il se passait quelque chose d'extraordinaire. Je le serrais dans les bras comme un petit enfant, et cependant il me semblait qu'il coulait verticalement dans un abîme[195] sans que je pusse rien pour le retenir...

Il avait le regard sérieux, perdu très loin :

– J'ai ton mouton. Et j'ai la caisse pour le mouton. Et j'ai la muselière...

Et il sourit avec mélancolie.

J'attendis longtemps. Je sentais qu'il se réchauffait peu à peu :

– Petit bonhomme, tu as eu peur...

Il avait eu peur, bien sûr! Mais il rit doucement :

– J'aurai bien plus peur ce soir...

De nouveau je me sentis glacé par le sentiment de l'irréparable. Et je compris que je ne supportais pas l'idée de ne plus jamais entendre ce rire. C'était pour moi comme une fontaine dans le désert.

– Petit bonhomme, je veux encore t'entendre rire...

---

195) 깊은 구렁, 심연(=gouffre)

Mais il me dit :

– Cette nuit, ça fera un an. Mon étoile se trouvera juste au dessus de l'endroit où je suis tombé l'année dernière...

– Petit bonhomme, n'est-ce pas que c'est un mauvais rêve cette histoire de serpent et de rendez-vous et d'étoile...

Mais il ne répondit pas à ma question. Il me dit :

« Ce qui est important, ça ne se voit pas...

– Bien sûr...

– C'est comme pour la fleur. Si tu aimes une fleur qui se trouve dans une étoile, c'est doux, la nuit, de regarder le ciel. Toutes les étoiles sont fleuries.

– Bien sûr...

– C'est comme pour l'eau. Celle que tu m'as donnée à boire était comme une musique, à cause de la poulie et de la corde... tu te rappelles... elle était bonne.

– Bien sûr...

– Tu regarderas, la nuit, les étoiles. C'est trop petit chez moi pour que je te montre où se trouve la mienne. C'est mieux comme ça. Mon étoile, ça sera pour toi une des étoiles. Alors, toutes les étoiles, tu aimeras les regarder... Elles seront toutes tes amies. Et puis je vais te faire un cadeau... »

Il rit encore.

– Ah! petit bonhomme, petit bonhomme j'aime entendre ce rire!

– Justement ce sera mon cadeau... ce sera comme pour l'eau...

– Que veux-tu dire?

– Les gens ont des étoiles qui ne sont pas les mêmes. Pour les uns, qui voyagent, les étoiles sont des guides. Pour d'autres elles ne sont rien que de petites lumières. Pour d'autres, qui sont savants, elles sont des problèmes. Pour mon businessman elles étaient de l'or. Mais toutes ces étoiles-là se taisent. Toi, tu auras des étoiles comme personne n'en a...

– Que veux-tu dire?

– Quand tu regarderas le ciel, la nuit, puisque j'habiterai dans l'une d'elles, puisque je rirai dans l'une d'elles, alors ce sera pour toi comme si riaient toutes les étoiles. Tu auras, toi, des étoiles qui savent rire! »

Et il rit encore.

– Et quand tu seras consolé (on se console toujours) tu seras content de m'avoir connu. Tu seras toujours mon ami. Tu auras envie de rire avec moi. Et tu ouvriras parfois ta fenêtre, comme ça, pour le plaisir... Et tes amis seront bien étonnés de te voir rire en regardant le ciel. Alors tu leur diras : « Oui, les étoiles, ça me fait toujours rire ! » Et ils te croiront fou. Je t'aurai joué un bien vilain tour...

Et il rit encore.

« Ce sera comme si je t'avais donné, au lieu d'étoiles, des tas de petits grelots qui savent rire... »

Et il rit encore. Puis il redevint sérieux :

« Cette nuit... tu sais... ne viens pas. »

– Je ne te quitterai pas.

– J'aurai l'air d'avoir mal... j'aurai un peu l'air de mourir. C'est comme ça. Ne viens pas voir ça, ce n'est pas la peine...

« Je ne te quitterai pas. »

Mais il était soucieux[196].

« Je te dis ça... c'est à cause aussi du serpent. Il ne

---

196) 걱정하는, 걱정스러운

faut pas qu'il te morde[197]... Les serpents, c'est méchant. Ça peut mordre pour le plaisir... »

« Je ne te quitterai pas. »

Mais quelque chose le rassura :

« C'est vrai qu'ils n'ont plus de venin pour la seconde morsure... »

Cette nuit-là je ne le vis pas se mettre en route. Il s'était évadé sans bruit. Quand je réussis à le rejoindre il marchait décidé, d'un pas rapide. Il me dit seulement :

« Ah! tu es là... »

Et il me prit par la main. Mais il se tourmenta encore :

---

197) mordre 물다, 깨물다, 물어뜯다

« Tu as eu tort. Tu auras de la peine. J'aurai l'air d'être mort et ce ne sera pas vrai… »

Moi je me taisais.

« Tu comprends. C'est trop loin. Je ne peux pas emporter ce corps-là. C'est trop lourd. »

Moi je me taisais.

« Mais ce sera comme une vieille écorce abandonnée. Ce n'est pas triste les vieilles écorces… »

Moi je me taisais.

Il se découragea un peu. Mais il fit encore un effort :

« Ce sera gentil, tu sais. Moi aussi je regarderai les étoiles. Toutes les étoiles seront des puits avec une poulie rouillée[198]. Toutes les étoiles me verseront à boire… »

Moi je me taisais.

« Ce sera tellement amusant! Tu auras cinq cents millions de grelots, j'aurai cinq cents millions de fontaines… »

Et il se tut aussi, parce qu'il pleurait…

« C'est là. Laisse-moi faire un pas tout seul. »

Et il s'assit parce qu'il avait peur.

Il dit encore :

---

198) rouillé 녹슨삐걱거리는, 둔탁한둔해진, 무디어진

« Tu sais... ma fleur... j'en suis responsable! Et elle est tellement faible! Et elle est tellement naïve. Elle a quatre épines de rien du tout pour la protéger contre le monde... »

Moi je m'assis parce que je ne pouvais plus me tenir debout. Il dit :

« Voilà... C'est tout... »

Il hésita encore un peu, puis il se releva. Il fit un pas. Moi je ne pouvais pas bouger.

Il tomba doucement comme tombe un arbre.

Il n'y eut rien qu'un éclair jaune près de sa cheville[199]. Il demeura un instant immobile. Il ne cria pas. Il tomba doucement comme tombe un arbre. Ça ne fit même pas de bruit, à cause du sable.

XXVII

Et maintenant, bien sûr, ça fait six ans déjà... Je n'ai jamais encore raconté cette histoire. Les camarades qui m'ont revu ont été bien contents de me revoir vivant. J'étais triste mais je leur disais :

---

199) 쐐기, 볼트

« C'est la fatigue... »

Maintenant je me suis un peu consolé. C'est-à-dire... pas tout à fait. Mais je sais bien qu'il est revenu à sa planète, car, au lever du jour, je n'ai pas retrouvé son corps. Ce n'était pas un corps tellement lourd... Et j'aime la nuit écouter les étoiles. C'est comme cinq cent millions de grelots...

Mais voilà qu'il se passe quelque chose d'extraordinaire. La muselière que j'ai dessinée pour le petit prince, j'ai oublié d'y ajouter la courroie de cuir! Il n'aura jamais pu l'attacher au mouton. Alors je me demande : « Que s'est-il passé sur sa planète? Peut-être bien que le mouton a mangé la fleur... »

Tantôt je me dis : « Sûrement non! Le petit prince enferme sa fleur toutes les nuits sous son globe de verre, et il surveille bien son mouton... » Alors je suis heureux. Et toutes les étoiles rient doucement.

Tantôt je me dis : « On est distrait une fois ou l'autre, et ça suffit! Il a oublié, un soir, le globe de verre, ou bien le mouton est sorti sans bruit pendant la nuit... » Alors les grelots se changent tous en larmes!...

C'est là un bien grand mystère. Pour vous qui aimez aussi le petit prince, comme pour moi, rien de l'univers n'est semblable si quelque part, on ne sait où, un mouton que nous ne connaissons pas a, oui ou non, mangé une rose…

Regardez le ciel. Demandez-vous « le mouton oui ou non at-il mangé la fleur? » Et vous verrez comme tout change…

Et aucune grande personne ne comprendra jamais que ça a tellement d'importance!

Ça c'est, pour moi, le plus beau et le plus triste paysage du monde. C'est le même paysage que celui de la page précédente, mais je l'ai dessiné une fois encore pour bien vous le montrer. C'est ici que le petit prince a apparu sur terre, puis disparu.

Regardez attentivement ce paysage afin d'être sûrs de le reconnaître, si vous voyagez un jour en Afrique, dans le désert. Et, s'il vous arrive de passer par là, je vous en supplie, ne vous pressez pas, attendez un peu juste sous l'étoile! Si alors un enfant vient à vous, s'il rit, s'il a des cheveux d'or, s'il ne répond pas quand on l'interroge, vous devinerez bien qui il est. Alors soyez gentils! Ne me laissez pas tellement triste : écrivez-moi vite qu'il est revenu…

생텍쥐페리

어 린 왕 자

레옹 베르트에게

이 책을 어른에게 바친 데 대해 어린이들에게 용서를 바란다. 하지만 그럴만한 중요한 이유가 있다. 이 어른은 이 세상에서 나와 가장 친한 친구이다. 또 다른 이유도 있는데 그것은 이 어른이 어린이들을 위한 책들까지도 모두 이해하고 있다는 것이다. 또 다른 이유는 어른이 프랑스에서 살고 있는데 그곳에서 굶주리고 추위에 떨고 있다는 것이다. 그는 위로를 필요로 하고 있다. 그래도 모든 이유들이 부족하다면 예전의, 어린 시절의 그에게 이 책을 바치고 싶다. 어른들은 누구나 다 처음엔 어린아이였다. (그러나 그것을 기억하는 어른은 그다지 많지 않다.) 따라서 내 헌사를 이렇게 고쳐 쓰겠다.

어린 소년이었을 때의
레옹베르트에게

여섯 살 때 밀림을 소개하는 『체험담』이라는 책을 읽다가 굉장한 그림을 본 일이 있다. 그것은 커다란 맹수를 삼키고 있는 보아 뱀의 그림이었다.

여기에 실린 그림은 그것을 흉내낸 것이다. 그 책에는 이렇게 쓰여 있었다. 보아 뱀은 먹이를 씹지도 않고 통째로 삼켜 버린다. 그런 다음에는 움직일 수가 없어서 여섯 달 동안 잠을 자며 그것을 소화시킨다.

그래서 나는 밀림의 모험들에 대해서 많은 상상을 하면서 색연필로 나의 생애 첫 그림을 그려 보았다. 나의 그림 제1호는 이런 것이었다.

나는 그 걸작품을 어른들에게 보여주며 "이 그림이 몹시 무섭지 않나요?" 라고 물었다. 그들은 이렇게 대답했다. "모자가 뭐가 무섭다는 거냐?" 나의 그림은 모자를 그린 것이 아니었다. 그것은 코끼리를 소화시키고 있는 보아 뱀을 그린 것이었다. 그래서 나는 어른들이 이해할 수 있도록 보아 뱀의 내부를 그려서 다시 보여 주었다. 어른들은 언제나 설명을 해주어야만 한다.

어른들은 나에게 속이 보이고 안 보이고 하는 보아 뱀 그림 따위는 집어치우고, 지리나 역사, 수학, 문법 같은 것에 관심을 가지라고 충고해 주었다. 그래서 나는 여섯 살에 화가라는 멋진 직업을 포기하고 말았다. 나의 첫 번째 그림과 두 번째 그림도 인정받지 못해 낙심해 버렸던 것이다. 어른들은 혼자서는 아무 것도 이해하지 못하기에 항상 모든 일에 대해 자세히 설명을 들려주어야 하는 것은 몹시 성가신 일이다.

그래서 나는 다른 직업을 선택하지 않을 수가 없었기에 비행기를 조종하는 일을 배웠다. 나는 거의 안 가본 곳이 없을 정도로 세계 각국을 날아다녔다. 지리는 나에게 많은 도움을 주었다. 한눈에 슬쩍 보고도 중국과 애리조나를 구별할 수 있었다. 밤에 길을 잃었을 때, 그것은 무척 유용한 것이다.

이렇게 살아오는 동안 점잖은 사람들과 수 많은 접촉을 하였다. 어른들 사이에서 나는 오랫동안 살아온 것이다. 나는 아주 가까운 거리에서 그들을 만날 수 있었으나 그들에 대한 나의 생각이 나아진 것이 없었다. 조금이라도 똑똑하게 보이는 사람을 만날 때면 나는 나의 첫 번째 그림을 보여 주며 시험을 해 보고는 했다. 그 사람이 그것을 정말 이해하고 있는 사람인지 알고 싶었던 것이다. 그러나 대답은 언제나 한결 같았다. "이건 모자로군." 그러면 나는 보아 뱀이나 원시림이나 별에 대한 이야기는 꺼내지도 않았다. 나는 그 사람이 알아들을 수 있는 이야기만 했다. 카드놀이나 골프, 정치 혹은 넥타이 따위에 대한 이야기 말이다. 그러면 그 사람은 좋은 취미를 가진 착실한 사람을 알게 된것을 매우 기뻐했다.

II

여섯 해 전 사하라 사막에 비행기 고장으로 불시착할 때 까지 나는 마음을 열고 진실한 이야기를 나눌 사람 하나 없이 혼자 외롭게 지냈다. 내 비행기 엔진이 망가졌던 것이다. 엔지니어나 승객도 탑승하지 않았기에 혼자의 힘으로 수리를 할 수밖에 없어 엔진을 고칠 채비를 갖추고 있었다. 나에게는 죽느냐 사느냐의 문제였다. 마실 물이 일주일 분밖에 없었다.

첫날 밤 사람들이 사는 곳에서 수천 수만 마일 떨어진 사막의 모래 위에서 잠이 들었다. 대양 한 가운데에 뗏목을 탄 표류자보다 훨씬 더 고독했다. 그러니 해뜰 무렵 작고 이상한 목소리가 나를 깨웠을 때 내가 얼마나 놀랐을지 여러분은 상상할 수있을 것이다. 그 목소리는 이렇게 말했다. "양 한 마리를 그려 줘!" "뭐라구?" "양 한 마리를 그려 줘!" 나는 마치 벼락을 맞은 것처럼 후다닥 일어났다. 눈을 비비고 자세히 바라보았다. 이상하게 생긴 조그마한 사내아이가 나를 바라보고 있는 것이었다. 이것이 나중에 내가 그 사내아이를 그린 그림으로 가장 잘 된 초상화이다. 물론

실물은 나의 그림보다 훨씬 더 아름다운 모습을 하고 있다. 하지만 이것은 내 잘못이 아니다. 여섯 살 때, 어른들 때문에 화가라는 직업을 포기하고 말아 속이 보이는 보아 뱀과 속이 안 보이는 보아 뱀을 빼면 그림이라곤 아무 것도 그리는 연습을 하지 않았기 때문이다.

어쨌든 나는 그의 느닷없는 출현에 너무 놀라 눈이 휘둥그래져 그를 바라보았다. 내가 사람들이 사는 곳에서 수천 수만 마일이나 떨어진 곳에 고립되어 있었다는 사실을 기억해 주기 바란다. 그런데 그는 길을 잃은 것 같지도 않았고, 피곤하거나 배고프거나 목마르거나 겁에 질려 있는 것 같지도 않았다. 아무도 살지 않는 사막에서 길을 잃어버린 어린이 같은 모습이라곤 어느 한 군데에서도 찾아볼 수가 없었다. 겨우 나는 정신을 차리고 그에게 말을 걸었다.

"그런데 … 왜 그러지?" 그는 마치 아주 중대한 일이나 되는 듯 소근소근 되풀이 말했다. "양 한 마리만 그려 줘!" 너무 감동적이고 신비로운 일을 당하게 되면 거절할 수가 없는 법이다. 사하라 사막에서 죽을지 살지도 모르는 위험에 처해 있는 나의 입장에서 보면, 도무지 가당치도 않은 이야기지만 말이었지만 나는 주머니에서 만년필과 종이 한 장을 꺼냈다. 그러다가 나는 그동안 내가 열심히 배운 것이 지리, 역사, 수학, 문법이었다는 것이 생각나서 그에게 나는 그림을 그릴 줄 모른다고 (조금 안좋은 느낌으로) 말했다. "나는 그림을 그릴 줄 몰라." 하지만 그는 포기하지 않았다. "괜찮아, 양 한 마리만 그려 줘." 나는 한 번도 양을 그려본 일이 없었기 때문에 내가 그릴 줄 아는 두 가지 그림 중에서 하나를 그려 주었다. 그것은 속히 안 보이는 보아 뱀 그림이었다. 그러자 그는 머리를 흔들었다. "아니, 아니야! 보아 뱀 속에 있는 코끼리가 아니야 보아 뱀은 너무 위험해. 코끼리도 너무 거추장스러워. 내가 있는 곳은 아주 작아. 나는 양 한 마리가 필요해.

양을 그려줘." 나는 다시 한 마리의 양을 그렸다. 그는 그림을 자세히 들여다보았다. "아니야. 이 양은 병이 들어서 몹시 아프잖아. 다시 그려 줘." 나는 다시 그림을 그렸다. 내 친구는 그림을 보더니 살짝 미소를 지었다. "아니야. 이건 숫양이잖아. 뿔이 달려 있어." 그래서 나는 또다시 그림을 그렸다. 그러나 이 그림도 먼저 것들처럼 거절을 당했다. "이 양은 너무 늙었어. 나는 오래 살 수 있는 양이 필요해." 나는 빨리 비행기의 엔진을 수리해야 했기에 더 이상 참지 못하고 여기 있는 이 그림을 되는대로 그려 놓고 이렇게 말했다.

"자, 이건 상자야. 네가 원하는 양은 이 속에 들어 있어.". 그러자 어린 재판관의 얼굴이 환해지는 것을 보고 나는 놀랐다. "이게 바로 내가 원하던 거야! 그런데 이 양은 풀을 많이 줘야 할까?" "그런 걸 왜 묻지?" "내가 사는 곳은 아주 작거든." "아마, 거기 있는 걸로도 충분할 거야. 그 양은 아주 작으니까." 그는 고개를 숙이더니 그림을 자세히 들여다보았다. "그렇게 작지도 않은데? 저런! 벌써 잠이 들었네." 이렇게 해서 나는 어린 왕자를 알게 되었다.

III

그가 어디에서 왔는지 알게 되기까지에는 많은 시간이 걸렸다. 어린 왕자는 내게 여러 가지 질문을 하면서 나의 질문은 전혀 귀담아듣지 않는 것 같았다. 나는 어린 왕자가 무심코 내뱉은 말들을 통해서 조금씩 조금씩 어린 왕자를 알게 되었다. 그가 처음으로 나의 비행기를 보았을 때(비행기는 그리지 않겠다. 내가 그리기에는 너무 복잡하고 어려운 그림이니까) 이렇게 물었다. "이 물건은 뭐야?" "이건 물건이 아니야. 하늘을 날아다니는 비행기라는거야. 내 비행기야." 나는 비행기를 타고 새처럼 하늘을 날아다녔다는 사실을 자랑스럽게 말했다. 그러자 어린 왕자가 소리쳤다. "뭐라구? 그렇다면 아저씨는 하늘에서 떨어졌어?" "그래." 나는 힘없이 고개를 끄덕였다. "야! 그것 참 재미있네..." 어린 왕자는 유쾌한 듯 까르르 웃어대므로 나는 화가 치밀었다. 나의 불시착 재난을 진지하게 생각해 주지 않는 것 같았기 때문이다. 이어 그는 말했다. "그렇다면 아저씨도 하늘에서 왔네! 어느 별인데?" 그 순간 나는 그의 존재의 신비로움을 아는데 한 줄기 빛이 비치는 것을 느끼며 그에게 이렇게 물었다. "그럼 너는 어떤 별에서 왔는데?" 어린 왕자는 대답을 하지 않으며 단지 내 비행기를 쳐다보며 가만히 고개를 끄덕였다. "이걸 타고 있었다면, 아주 먼 곳에서 올 수는 없었을 거야..." 어린 왕자는 비행기를 바라보며 깊은 생각에 잠기더니 주머니에서 내가 그려 준 양을 꺼내서는 보물을 골똘히 바라보았다.

다른 별들이라는 그가 슬쩍 비친 비밀에 대해 내가 얼마나 큰 호기심을 품고 있었을 것인지 여러분은 짐작 할 수 있을 것이다. "너는 어디에서 왔니? 네가 사는 곳은 이란 어디를 말하는 거야? 양을 어디로 데려 갈 거야?" 그는 말없이 생각에 잠기더니 이렇게 대답했다. "아저씨가 준 이 상자는 밤에 양의 집으로 쓸 수 있어서 좋아." "물론이지. 그리고 네게 착하게만 하면 낮에 양을 매 놓을 수 있는 굴레도 줄게. 말뚝도." 그러나 이 말은 그를 몹시 놀라게 한 것 같았다. "양을 매 놓다니...? 별 이상한 생각도 다 있네." "매 놓지 않으면, 양이 제멋대로 다른 곳으로 가버릴 거야. 그렇게 되면 길을 잃어버리게 되겠지." 그러자 어린 왕자는 또 다시 웃었다. "양이 어디로 간다는 거야?" "어디든지 갈 수 있지. 곧장 앞으로 나아갈 수도 있고." 어린 왕자는 웃음을 거두며 말했다. "괜찮아. 내가 있는 곳은 아주 작으니까." 그리고 조금 슬픈 듯한 마디를 덧붙였다. "곧장 앞으로 간다고 해도 그리 멀리 갈 수가 없어."

IV

이렇게 해서 나는 아주 중요한 두 번째 사실을 알게 되었다. 그것은 그의 별이 겨우 집 한 채 정도의 크기라는 것이었다. 사실 그것은 별로 놀라운 일이 아니었다. 왜냐하면 지구, 목성, 화성, 금성처럼 사람들이 이름을 붙여 놓은 커다란 별들 이외에도, 망원경으로도 볼 수 없을 만큼 작은 별들이 수없이 많다는 사실을 나는 이미 잘 알고 있었기 때문이다. 만약 천문학자가 그런 별을 하나 발견하면, 그 별에는 이름 대신 번호를 붙인다. 예를 들자면 '소혹성 B-325호'라고 부르는 거이다. 나는 어린 왕자가 살던 별이 B-612호라고 하는 상당한 근거를 가지고 있다. 그 혹성은 1909년에 터키의 어느 천문학자가 망원경으로 우연히 한 번 보았을 뿐이다. 그 당시에 천문학자는 국제 천문학 회의에서 자신이 발견한 별에 대해 훌륭하게 발표했었다. 그러나 천문학자가 입고 있었던 옷 때문에 누구도 그의 말을 믿어주지 않았다. 어른들이란 항상 그 모양이다.

그런데 소혹성 B-612호의 명예를 되찾는 행운이 찾아왔다. 터키의 독재자가 국민들에게 양복을 입지 않으면 사형에 처한다는 엄명을 내렸던 것이다. 천문학자는 1920년에 양복을 멋있게 차려입고 다시 국제 천문학 회의에 참석해 혹성 B-612호에 대해서 발표했다. 그러자 이번에는 모든 사람들이 그의 말을 믿었다. 내가 소혹성 B-612호에 대해서 자세하게 이야기하거나 그 번호까지 말하는 것은 모두 어른들 때문이다. 어른들은 항상 숫자를 좋아하니까.

새로 사귄 친구에 대한 이야기를 할 때도 어른들은 정말로 중요한 것에 대해서는 결코 물어보는 일이 없다. "그 애의 목소리는 어떠니? 그 애는 어떤 놀이를 좋아하지? 나비 수집은 안 하니?" 이런 말을 하는 경우는 절대로 없다. 그 대신에 어른들은 다른 점에 대해 질문을 던진다. "그 친구는 몇 살이지? 형제는 몇이나 되니? 몸무게는? 그 친구의 아버지는 수입이 얼마야?" 그래야만 어른들은 그 친구에 대해 알게 되는 것이라고 믿는다. "장미 빛 벽돌로 지은 아름다운 집을 보았어요. 창가에는 제라늄 꽃이 피어 있고 지붕에는 비둘기가 살고 있어요." 만약 여러분이 이런 말을 하더라도 어른들은 그 집에 대해 상상할 수가 없다. "10만 프랑짜리 집을 보았어요."

차라리 이렇게 말하면, 어른들은 이내 고개를 끄덕일 것이다. "참 근사한 집이구나!" 하고 소리친다. 그래서 " 어린 왕자가 매혹적이며 활짝 웃었고 작은 양을 가지고 싶어했다는 것이 이 세상에 있었던 증거야. 어떤 사람이 양을 가지고 싶어한다면 그건 그가 이 세상에 있다는 증거야" 이런 말을 한다면, 어른들은 어깨를 으쓱하며 여러분을 어린아이 취급할 것이다. "너는 아직도 철이 들지 않았구나." 그러나 "그가 떠나온 작은 별은 B-612호에요." 라고 말하면 어른들은 이 말에 대해 수긍하며, 더 이상 귀찮게 굴지 않을 것이다. 어른들은 항상 그 모양이다. 그렇다고 해서 어른들에 대해 나쁜 생각을 가져서는 안 된다. 어린이들은 너그러운 마음으로 어른들을 대해야만 한다.

그렇지만 인생을 이해하고 있는 우리는 숫자 따위를 대수롭게 여기지 않는다. 처음에 나는 이 이야기를 마치 동화처럼 시작하고 싶었다. "옛날에 어린 왕자가 살고 있었다. 어린 왕자는 자기보다 조금 더 클까말까한 작은 별에서 지냈다. 그런데 어린 왕자는 친구가 필요했다…." 인생을 이해하는 사람들은 이런 식의 이야기를 더욱 진실하게 느낄 것이다.

하지만 나는 일부러 그런 표현을 쓰지 않았다. 왜냐하면 나는 사람들이 아무렇게나 내 책을 읽어버리는 것이 싫었기 때문이다. 이 추억에 대해 이야기를 하자니 벌써부터 슬픔이 북받쳐 오른다. 내 친구가 양을 가지고 떠나버린 지도 벌써 여섯 해가 지났다.

내가 어린 왕자를 떠올리는 것은 결코 그 사실을 잊어버리지 않기 위한 일이다. 친구를 잊어버린다는 것은 슬픈 일이다. 누구에게나 친구가 있었던 것은 아니다. 게다가 나도 그를 잊으면 숫자 밖에 관심이 없는 어른들처럼 될 수도 있다. 내가 그림물감 한 상자와 연필을 산 것도 바로 그 이유 때문이다. 여섯 살 무렵에 속이 보이는 보아 뱀과 속이 안 보이는 보아 뱀 이외에는 그림이라곤 손도 대보지 않았던 내가 이 나이에 다시 그림을 시작한다는 것은 어려운 일이다.

물론 가능한 가장 비슷한 초상화를 그릴 수 있도록 노력은 하겠다. 그러나 꼭 성공하리라는 자신은 없다. 어떤 그림은 괜찮은데, 어떤 것은 비슷하지도 않다. 키도 약간 틀린다. 어떤 그림에서는 어린 왕자의 키가 너무 크가 하면 너무 작아진 그림도 있다. 어린 왕자가 입고 있던 옷의 색깔을 그리면서도 자꾸만 망설일 수밖에 없다. 하지만 이렇게 저렇게 기억을 더듬으며 그림을 그리겠다. 그러다 결국 아주 중요한 부분에서 잘못 그릴지도 모르다. 하지만 그런 것은 너그럽게 용서해 주어야만 한다. 내 친구는 나에게 설명을 해 주는 법이 없었다. 나도 자기와 같은 줄 알았던 모양이다. 불행하게도 나는 상자 속에 들어 있는 양의 모습을 볼 줄 모른다. 나도 약간은 다른 어른들과 같은 비슷한 것인지도 모른다. 어쩌면 나도 늙어가는 모양이다.

V

날마다 별이니 출발이나 여행이니 하는 것에 대해 조금씩 알게 되었다. 어린 왕자가 무심결에 하는 말들을 통해 자연히 알게 된 것이다. 사흘째 되는 날, 바오밥나무의 비극을 알게 된 것도 그렇게 해서였다. 이번에도 역시 양의 도움을 받았다. 마치 심각한 의문에 사로잡힌 듯 어린 왕자가 별안간 이런 질문을 던졌던 것이다. "양이 작은 나무들을 먹는다는 게 사실이야?" "응, 사실이야." 나는 양이 작은 나무들을 먹는다는 게 왜 그처럼 중요한 것인지 이해할 수가 없었다. 그가 다시 말했다. "그럼 바오밥나무도 먹겠네?" "바오밥나무란 것은 결코 평범한 나무가 아니야. 성당만큼이나 큰 나무이기 때문에 코끼리 떼를 몰고 간다고 하더라도 바오밥나무 한 그루를 해치우지 못할 거야." 어린 왕자는 코끼리 떼라는 말을 들으며 살짝 웃었다. "코끼리들을 포개 놓아야 하겠네." 그는 영리한 눈동자를 빛내며 이렇게 말을 했다. "바오밥나무도 커지기 전에는 작은 나무지?" "그건 그래! 하지만 너의 양이 어째서 작은 바오밥나무를 먹어야 한다는 거야" 어린 왕자는 "아이 참!" 하며 그것은 당연한 이치라는 듯이 말했다. 어린 왕자는 너무나 명백한 사실을 물어온다는 듯 나에게 대꾸했다. 덕분에 나는 그 문제를 혼자의 힘으로 풀기 위해 머리를 짜 내야만 했다.

사실, 어린 왕자의 별에도 다른 별들처럼 좋은 풀과 나쁜 풀이 있었던 것이다. 따라서 좋은 풀의 좋은 씨앗, 나쁜 풀의 나쁜 씨앗이 있었다. 그러나 씨앗은 눈에 보이지 않는다. 작은 씨앗은 땅 속에 묻혀서 잠들어 있다가, 그 중 하나가 깨어날 생각을 하게 된다. 그 씨앗은 기지개를 켜고 처음에는 아무런 해가 없는 작고 귀여운 작은 싹을 태양을 향해 살며시 내미는 것이다. 그게 무나 장미나무의 싹이라면 가만히 두어도 된다. 그러나 나쁜 풀일 때는 재빨리 뽑아버려야 한다. 그런데 어린 왕자의 별에는 무서운 씨가 있었던 것이다... 바오밥나무의 씨였다. 별은 온통 바오밥나무의 씨앗들로 뒤덮여 있었다. 그런데 바오밥나무란 자칫 손을 늦게 쓰면 어떻게 할 도리가 없게 되는 것이다. 바오밥나무는 별 전체를 뒤얽어버린 다음 그 뿌리로 별에 구멍을 판다. 별은 작은데 바오밥나무가 너무 많아지면 그만 별은 폭발하고 만다. 한참 후에 어린 왕자가 나를 쳐다보며 이렇게 말했다. "그건 규율의 문제야. 아침 화장이 끝나면, 정성스럽게 별을 손질해 주어야만 해. 바오밥나무는 어릴 때에는 장미나무와 아주 비슷하니까. 나중에 장미나무와 구별할 수 있게 되면 규칙적으로 바오밥나무의 새싹을 뽑아야만 해. 그건 아주 귀찮은 일이지만 또한 아주 쉬운 일이기도 해." 어느 날 어린 왕자는 어린이들의 머리 속에 쏙 들어 올 수 있는, 그림을 그리라고 했다. "나중에 어린이들이 여행을 할 때, 그 그림이 아주 큰 도움이 될거야. 일을 뒤로 미루어도 별 지장이 없는 경우가 있지만, 바오밥나무는 그랬다간 나중에 큰 화를 될거야. 나는 게으름뱅이가 살고 있는 별을 알고 있어. 그 게으름뱅이는 작은 나무 세 그루를 그냥 내버려두었다가…." 나는 어린 왕자가 일러주는 대로 별을 그렸다. 나는 설교같은 투로 말하기는 싫다. 그러나 바오밥나무의 위험은 너무 알려져 있지 않고 소혹성에서 길을 잃게 될 사람이 겪을 위험이 너무나 크기 때문에 예외를 두고 이렇게 말하겠다. 어린이들이여! 바오밥나 무를 조심하라! 내가 이 그림을 이토록 열심히 그린 것은 나처럼 오래 전부터 의식하지 못한 채 스치고 지나갔던 이 위험을 친구들 에게 경고해 주기 위한 것이다. 그들은 나처럼 오랫동안 자신들 도 모르는 사이에 이 위험에 둘러싸여 있었다. 그러니까 지금 내 가 주려고 하는 교훈은 그만한 가치가 있다. 여러분들은 이런 의 문을 가질지도 모른다. "왜 이 책에는 바오밥나무처럼 거창한 다 른 그림들이 또 없을까?" 대답은 아주 간단하다. "그런 그림도 그려보았지만 성공하지 못했어." 내가 바오밥나무를 그렸을 때 에는 급한 마음의 열성으로 그렸던 것이다.

VI

아! 어린 왕자. 이렇게 해서 나는 너의 쓸쓸하고 단순한 생활을 조금씩 조금씩 알게 되었다. 너는 오랫동안 심심풀이라고는 해질 무렵의 저녁 노을 바라보는 것을 제외하고는 다른 것이 없었지. 나흘째 되던 날 아침 이렇게 말했거든. "나는 해지는 모습이 좋 아. 함께 해지는 걸 보러 가." "기다려야만 해." "뭘 기다린다는 거야?" "해가 지기를 기다려야지." 너는 처음에 놀라는 표정이었지. 그러다가 이내 웃으며 나에게 이렇게 말했지. "나는 지금도 내 별에 있는 것 만 같거든!" 미국이 정오일 때, 모두 아다시피 프랑스에서는 해가 진다. 그래서 만약 1분 이내에 프랑스로 갈 수만 있다면 해지는 광경을 볼 수 있을 것입니다. 그러나 불행하게도 프랑스는 너무나 멀리 떨어져 있다. 하지만 너의 작은 별이라면 고작 몇 발자국만 의자를 옮기면 되었던 것이다. 그러니까 어린 왕자는 원할 때마다 마음껏 석양을 볼 수가 있었지… "어떤 날은 해지는걸 마흔 세 번이나 보았어." "굉장히 슬플 때에는 해지는 걸 보고 싶거든." "그렇다면 해지는 걸 마흔 세 번이나 보았던 날은 그 만큼이나 슬펐다는 말이야?" 그러나 어린 왕자는 대답하지 않았다.

VII

닷새 째 되던 날, 다시 양의 덕분으로 어린왕자의 비밀을 하나 더 알게 되었다. 그는 마치 오랫동안 고민했던 것을 이야기 하듯 불쑥 이렇게 물었다. "양이 작은 나무를 먹으니, 꽃도 먹겠네?" "그래, 양은 무엇이든지 닥치는 대로 먹지." "가시가 돋힌 꽃도?" "물론이지. 가시가 돋힌 꽃도 먹고 말고." "그렇다면 가시가 무슨 소용이 있어? 그것은 나도 알지 못했다. 그때 나는 너무 꽉 조인 볼트를 빼기 위해 손을 뗄 수가 없었다. 엔진 고장이 상당히 심각하다는 생각이 들기 시작했으며, 마실 물도 얼마 남지 않아서 최악의 사태에 빠질 위험이 있었기 때문이었다. 나는 최악의 상태를 당할까 두려웠기 때무이다.

"가시가 무슨 소용이 있어?" 그는 일단 한 번 물어보면 그대로 물러서는 법이 없었다. 나는 도통 풀리지 않는 볼트 때문에 신경이 날카로운 상태였기에 그냥 아무렇게나 대답하고 말았다. "가시? 그건 아무짝에도 소용없는 거야. 공연히 심술을 부리기 위해 꽃들이 가시를 달고 있는 거야." "그래?" 어린 왕자는 잠시 동안 잠자코

서 있더니, 원망스러운 듯 한 마디 톡 쏘아 붙였다. "나는 그 말을 믿지 않아! 꽃들은 약해. 그리고 순진하지. 그래서 있는 힘을 다해 자신을 지키려고 하는 거야. 날카로운 가시를 보여주며 겁을 주려는 거야…." 나는 아무런 대답도 하지 않았다. 나는 그의 말에 귀를 기울이지 않고 "이번에도 볼트가 풀리지 않으면 망치로 두들겨서 튀어나오게 해야지!" 하고 생각을 하고 있었다. 그런데 어린 왕자가 다시 나의 생각을 어지럽혔다. "아저씨는 꽃들이 정말 그렇다고 생각해?" 아니야. 사실 그런 생각은 하고 있지 않았어. 그냥 아무렇게나 대답했던 거야. 나는 지금 아주 중대한 일이 있어!"

그는 어이가 없다는 듯 나를 쳐다보았다. "중대한 일이라구?" 나는 더러운 기름이 묻어 있는 손에 망치를 든 채, 그가 보기에는 흉측해 보이는 물체 위로 몸을 숙이고 있었다. "아저씨는 지금 어른들처럼 말하고 있잖아." 그 말에 나는 약간 부끄러움을 느꼈다. 그는 사정없이 계속 말을 이어갔다. "아저씨는 모든 걸 혼동하고 있어. 마구 뒤죽박죽으로 만들고…" 어린 왕자는 정말로 화가 잔뜩 나 있었다. 어린 왕자의 금발이 바람에 휘날렸다. "나는 얼굴이 빨간 어른이 살고 있는 별을 알고 있어. 그 사람은 향기로운 꽃향기를 맡아 본 일도 없고, 별을 쳐다 본 일도 없고, 누구를 사랑해 본 일도 없었어. 그 사람은 오직 덧셈만 하고 있으면 하루 종일 아저씨처럼 '나는 중요한 사람이야! 나는 중요한 사람이야!'라고 되뇌이고 있었어. 그리고 그런 생각 때문에 아주 교만으로 가득했거든. 하지만 그건 사람이 아니라 버섯이야!" "뭐라고?" "버섯이라고!" 어린 왕자는 이제 화가 나서 얼굴이 하얗게 질려 있었다

"수백만 년 전부터 꽃들은 가시를 만들었어. 하지만 양들도 수백만 년 전부터 꽃을 먹었지. 그렇다면 꽃들이 아무 짝에도 소용이 없는 가시를 만들기 위해 왜 그처럼 고생을 하는지 알아보려고 애쓰는 게 중요한 일이 아니란 말이야? 꽃과 양 사이의 전쟁이 큰 일이 아니란 말이냐? 그게 그 얼굴이 빨간 얼굴의 뚱뚱한 어른

의 덧셈보다 더욱 중요한 일이 아니라 말이야? 그리고 내 별 이외의 다른 별에는 그 어디에도 없는, 이 세상에서 단 하나 밖에 없는 꽃을 알고 있는데, 어린 양이 무슨 짓을 하는 건지도 모르고 꽃을 어느 날 아침에 단번에 먹어버릴 수 있다면, 그게 중요한 일이 아니란 말이야?" 그의 얼굴이 새빨개지면서 말을 이었다. " 수백만 개의 별들 중에서 어딘가에 피어 있는 단 하나 밖에 없는 꽃을 사랑하고 있다면, 그 사람은 별들만 쳐다보고 있어도 저절로 행복한 표정을 지을거야. '저기 어딘가에 내 꽃이 있겠지!"하고 마음 속으로 생각하며… 그런데 만약 양이 꽃을 먹는다면 어떻게 될까? 그 사람은 별들 전체가 갑자기 빛을 잃어버리는 것처럼 슬픈 일이 될 거야. 그런데 그게 중요한 일이 아니란 말이야?" 어린 왕자는 더 이상 말을 잇지 못하고, 갑자기 흐느껴 울기 시작했다. 어둠이 내린 후였다. 나는 연장을 놓아버렸다. 망치와 볼트, 갈증, 죽음과 같은 것들은 이제 아무런 문제가 되지 않았다. 왜냐하면 이 지구 위에 내가 위로해야 할 어린 왕자가 있었기 때문이다. 나는 어린 왕자를 품에 끌어안았다. 그를 부드럽게 흔들며 이렇게 말했다. "네가 사랑하는 꽃은 더 이상 위험하지 않아… 내가 네 양에게 씌울 굴레를 그려 주겠어…. 그런 다음에는 내가…." 나는 무슨 말을 하는 것이 좋을지 알 수 없었다. 문득 내가 너무 서툴다는 느낌이 들었다. 나는 어떻게 해야 어린 왕자의 마음을 감동시키고, 어디로 가야 어린 왕자의 마음을 붙잡을 수 있을지 알 수 없었다. '눈물의 나라'란 참으로 신비한 것이다.

VIII

나는 꽃에 대해 좀 더 많은 것을 알게 되었다. 그의 별에는 오래 전부터 꽃잎이 한 겹 밖에 없는 아주 소박한 꽃들이 있었다. 꽃들은 그다지 자리도 차지하지 않았으며 성가시게 굴지도 않았다. 꽃들은 이른 아침에 풀숲에서 피어났다가 저녁이면 사라지곤 했다. 그러던 어느 날, 어디에서 날아왔는지도 모르는 작은 씨앗이 꽃의 새싹을 틔우게 되었다. 어린 왕자는 다른 새싹들과는 다른 새싹을 주의 깊게 살펴보았다. 새로운 바오밥나무의 씨앗일지도 모르는 일이었던 것이다. 그런데 어린 나무는 이내 자라기를 멈추고 꽃을 피울 준비를 하기 시작했다. 어린 왕자는 커다란 꽃봉오리가 맺힌 것을 보고, 거기에서 어떤 기적같은 것이 나타나리라 예감했다. 그러나 꽃은 제 녹색의 방 속에 숨어 언제까지고 아름다워질 단장만 하는 것이었다. 정성껏 빛깔을 고르고 천천히 옷을 입고 꽃잎을 하나씩 둘씩 정성스럽게 다듬고 있었다. 꽃은 개양귀비처럼 구겨진 모습으로 보이고 싶지 않았다. 아름다움의 절정에 다 달았을 때, 비로소 모습을 나타내고 싶었던 모양이다. 그렇다. 눈부신 아름다움을 몹시 소중하게 여기는 꽃이었다. 정말 애교스러운 꽃이었다. 그 신비로운 단장이 며칠 동안이나 계속 되었다.

어느 날 아침, 해가 막 솟아오를 무렵, 꽃이 모습을 드러내었다. 그렇게 오랫동안 공들여 치장하고 나타난 꽃은 늘어지게 하품을 하며 이런 말을 했다. "아! 이제 막 잠이 깼답니다… 어머, 미안해요. 머리가 온통 헝클어져 있어서…." 어린 왕자는 감탄을 억누를 수 없었다. "당신은 정말 아름답군요!" "그렇죠? 게다가 저는 해와 같은 시간에 태어났답니다." 꽃이 살며시 대답했다. 어린 왕자는 꽃이 별로 겸손하지 않다고 생각했다. 하지만 그 꽃은 너무도 감동적이었다. "아침 식사를 해야 할 시간이 된 것 같군요. 제 생각을 좀 해 주실 수 있나요?" 어린 왕자는 신선한 물이 담긴 물뿌리개를 가져와서 꽃에게 뿌려 주었다. 이렇게 꽃은 약간 까다로운 허영심으로 그를 괴롭혔다. 어느 날 꽃은 자신이 가지고 있는 네 개의 가시에 대한 이야기를 하며 어린 왕자에게 이런 말을 하기도 했다. "호랑이들이 발톱을 세우고 덤벼도 나는 무섭지 않아요." "나의 별에는 호랑이가 없습니다. 그리고 호랑이는 풀을 먹지도 않아요." 어린 왕자는 상냥한 태도로 대답했다. "나는 풀이 아니에요." 꽃이 살며시 대답했다. "아, 미안해요…."

"나는 호랑이 따위는 전혀 무섭지 않지만, 바람과 마주치는 건 질색이랍니다. 혹시 바람막이가 있나요?' '바람과 마주치는 게 질색이라니, 꽃으로서는 안된 일이네. 이 꽃은 너무나 까다로운데….' 어린 왕자는 마음속으로 이렇게 생각했다. "저녁이 되면 유리덮개를 씌워 주세요. 당신이 사는 별은 아주 춥군요. 설비가 좋지 않아요. 내가 살던 곳은….." 하지만 꽃은 말을 잇지 못했다. 그 꽃은 씨앗의 형태로 날아왔기 때문에 다른 세상에 대해서는 아무것도 알 수 없었던 것이다. 속이 들여다보이는 거짓말을 하려다가 들킨 것이 부끄러웠던 꽃은 어린 왕자를 탓하기 위해 기침을 두세 번 했다. "바람막이는 어디 있나요?" "그걸 가지러 가려던 참이었는데, 당신이 말을 계속 했잖아요!" 꽃은 마치 어린 왕자의 잘못인 것처럼 더욱 세게 기침을 했다.

 이렇게 해서 어린 왕자는 비록 꽃을 사랑하고 있었음에도 불구하고 꽃을 의심하게 되었다. 결국 어린 왕자는 사랑의 마음을 가지고 있으면서도 꽃을 의심하게 되었다. 대수롭지 않은 말들을 심각한 것으로 여기게 되었으며, 나중에는 마음에 상처를 입고 말았다. 어느 날 나에게 어린왕자는 털어놓았다. "꽃이 하는 말에 귀를 기울이지 말았어야 했어. 꽃은 그냥 바라보며 향기만 맡는 게 좋아. 내 꽃은 작은 별을 온통 향기로 뒤덮였어. 나는 그것을 마음껏 즐길 줄 몰랐어. 나를 귀찮게 만들었던 발톱 이야기에 눈살을 찌푸렸지만 사실은 가엾게 생각하며 들어야 했는데…" 어린 왕자는 이렇게 말 한 적도 있었다. "당시에 나는 아무것도 이해하지 못했어! 꽃이 하는 말을 가지고 판단할 게 아니라 하는 일을 보고 판단했어야 하는 건데! 꽃은 나에게 향기를 주고 나를 환하게 해주었어. 절대로 도망은 치지 말았어야만 했어! 꽃이 아무리 잔꾀를 부려도 그 속에 깃들어 있던 사랑을 눈치챘어야만 했는데. 꽃들은 그렇게 모순된 존재거든. 하지만 나는 너무 어려서 사랑할 줄 몰랐던 거야."

IX

 나는 어린 왕자가 철새들의 이동을 이용해 별을 떠나 온 것이라고 생각한다. 떠나던 날 아침 어린 왕자는 자신의 별을 깨끗하게 정돈했다. 불을 내뿜는 화산들도 정성스럽게 청소했다. 그의 별에는 불을 뿜는 두 개의 화산이 있었다. 화산은 아침 식사를 끓이는 일에 안성맞춤이었다. 거기에는 불이 꺼져 있는 화산도 하나 있었다. 그의 말처럼 꺼져 있는 화산도 언제 잠에서 깨어날지 모르는 일이다. 그는 불 꺼진 화산도 깨끗이 청소했다. 화산들은 청소만 잘 해 주기만 하면 폭발하지 않고 조용히 규칙적으로 불을 내뿜게 된다. 그러니까, 화산의 불은 벽난로의 불과 같은 것이다. 물론 지구에서 살고 있는 우리는 화산에 비해 몸이 너무나 작기 때문에 화산을 청소할 수 없다. 그래서 화산 폭발로 인해 큰 어려움을 겪는 것이다. 어린 왕자는 다소 슬픈 마음으로 바오밥나무의 마지막 싹들도 모두 뽑았다. 그는 다시는 돌아오지 못할 것이라고 생각했던 것이다.

 그러자 항상 해 오던 일들이 그날 아침에는 유난히 다정하게 느껴졌다. 그래서 꽃에게 마지막으로 물을 주고, 유리 덮개를 씌워 주려는 순간 울음이 터져 나올 것 같은 마음이었다. "잘 있어" 그는 꽃에게 말했다. 꽃은 아무런 대답도 하지 않았다. "잘 있어" 어린 왕자는 다시 한 번 말했다. 꽃은 콜록거리며 기침을 했다. 그러나 그것은 감기 때문이 아니었다. "내가 바보였어. 나를 용서해줘. 그리고 부디 행복해지길 바랄게." 마침내 꽃이 입을 열었다. 어린 왕자는 꽃이 자신을 조금도 원망하지 않는다는 것을 보며 깜짝 놀랐다. 어린 왕자는 유리 덮개를 손에 든 채, 어쩔 줄 모르고 그대로 가만히 서 있었다. 어린 왕자는 꽃의 조용하고 다정한 태도를 이해할 수 없었다. "그래요, 나는 당신을 사랑해요." 꽃이 어린 왕자를 쳐다보며 말했다. "그런데 당신은 그걸 전혀 모르는 것 같았어요. 물론 그건 내 탓이었죠. 하지만 당신도 나처럼 어리석었어요. 부디 행복하세요. 그 유리 덮개는 그냥 내버려 둬요. 더 이상 쓰기 싫어요." " 바람이 불면…." "내 감기가 대단한 것은 아니니…. 서늘한 밤공기는 나에게 이로울 거예요. 왜냐하면 나는 꽃이니까요. "하지만 짐승들이…" "나비를 만나려면 두세 마리 정도의 벌레는 견딜 수 있어야 하죠. 나비는 굉장히 아름다워요. 나비가 아니면 누가 나를 찾아와 주겠어요? 이제 당신은 멀리 떠날 예정이잖아요. 커다란 동물 따위는 조금도 겁나지 않아요. 나에겐 발톱이 있으니까요." 꽃은 자신이 가지고 있는 네 개의 가시를 내밀었다. " 그렇게 꾸물대지 말아요. 당신이 자꾸만 머뭇거리면 기분이 언짢아요. 당신은 이미 떠나기로 결심했잖아요. 어서 가세요." 꽃은 우는 자기 모습을 보이고 싶지 않았다. 그렇게 자존심 강한 꽃이었다.

X

어린 왕자의 별은 소혹성 325호, 326호, 327호, 328호, 329호, 330호와 이웃해 있었다. 그래서 일거리도 구하고 견문도 넓히기 위해 먼저 그 별들부터 방문하기로 하였다. 제일 먼저 찾아간 별에는 왕이 살고 있었다. 왕은 위엄을 보이기 위해 자주색 천과 흰 담비 가죽으로 만든 외투를 걸치고 소박했지만 위엄이 있는 옥좌에 앉아 있었다. "오! 신하가 왔도다!" 왕은 어린 왕자가 오는 것을 보며 소리쳤다. " 한 번도 만나지 않았으면서 어떻게 내가 누구인지 아는 걸까?" 어린 왕자는 의아하게 생각했다. 왕의 입장에서 바라보면, 이 세상이 아주 단순한 것이라는 사실을 어린 왕자는 모르고 있었다. 왕에게는 모든 사람들이 다 신하였던 것이다. "좀 더 자세히 볼 수 있도록 가까이 다가오너라." 신하를 만나 왕 노릇을 하게 된 것이 매우 자랑스러운 것 같았다. 어린 왕자는 앉을 자리를 찾았으나 그 별은 온통 왕의 옷과 외투로 뒤덮여 있었다. 그래서 그는 가만히 서 있을 수 밖에 없었다.

그리고 피곤했으므로 하품을 했다. "왕의 어전에서 하품을 하는 것은 예의에 어긋나는 행동이니라. 이제부터 하품을 하지 말 것을 명령하노라." 왕이 근엄한 목소리로 말했다. "하지만 도저히 참을 수가 없어요. 오랫동안 여행을 하며 잠을 제대로 자지 못한 걸요." 어린 왕자가 어리둥절한 표정을 지으며 대답했다. "그렇다면 그대는 하품을 해도 좋다. 여러 해 동안 하품하는 사람을 구경하지 못했기 때문에 그대가 하품을 하는 것이 신기해 보이도다. 자, 또 한 번 하품을 하라. 명령이니라." "명령이라고 하니까 겁이나서… 더 이상 하품이 안 나오는걸요." 어린 왕자가 얼굴을 붉히며 대답했다. "에헴! 에헴!" 왕은 헛기침을 하며 목소리를 가다듬었다. "그렇다면 다시 명하노니 어떤 때에는 하품을 하고… 또 어떤 때에는…." 왕은 화난 것 같았다. 왜냐하면 왕이란 자신의 권위가 무엇보다 존중되기를 원하고 있기 때문이다. 왕은 자신의 명령에 따르지 않는 것은 결코 용납하지 않는다. 왕은 전제군주였다.

그러나 왕은 매우 선량했기에 합당한 명령을 내리는 것이었다. 왕은 언제나 이렇게 말했다. "만약 내가 어떤 장군에게 물새로 변화라고 명했는데, 장군이 나의 말을 따르지 않았다면, 그것은 장군의 잘못이 아니라 나의 잘못이로다." "자리에 앉아도 될까요?" 어린 왕자가 조심스럽게 물었다. "그대는 앉도록 하라. 명하노라." 왕은 이렇게 대답하며 자신의 담비 외투 한 자락을 위엄있게 끌어 올렸다. 어린 왕자는 참 이상하다는 생각이 들었다. 별은 아주 조그마했다. 왕은 무엇을 다스리는 걸까? "폐하, 한 가지 여쭈어 보아도 괜찮을까요?" 왕이 서둘러 대답했다. "나는 그대에게 질문하기를 명하노라." "폐하, 그런데… 무엇을 다스리십니까?" "모든 것을!" 왕은 지극히 간단하게 대답했다. "모든 것이라구요?" 어린 왕자는 어리둥절한 표정을 지었다. 그러자 왕은 신중한 몸짓으로 자기 별과 다른 별들 그리고 떠돌이 별들을 가리켰다. "저 별들을 모두 다 다스린다는 건가요?"

어린 왕자는 깜짝 놀랐다. "물론이다." 왕이 고개를 끄덕이며 대답했다. 왜냐하면 왕은 전제군주였을 뿐만 아니라 우주를 다스리는 군주이기 때문이다. "그렇다면 저 별들도 모두 폐하에게 복종하나요?" "물론이다. 즉각 복종하노라. 명을 거역하는 것을 용서하지 않느니라." 어린 왕자는 그러한 왕의 굉장한 권력을 보며 감탄하지 않을 수 없었다. 만약 어린 왕자에게 그런 힘이 있었더라면, 의자를 끌어당기지 않고도 하루에 마흔 네 번이 아니라 일흔 두 번이라도, 아니 이백 번이라도 해가 지는 것을 구경할 수 있었을 것이다.

그 순간 두고 온 별에 대한 추억 때문에 어린 왕자는 슬픈 생각이 들었다. 어린 왕자는 용기를 내어 왕에게 부탁했다. "저는 지금 해가 지는 걸 보고 싶어요. 제발 좀 보게 해주시겠어요? 태양에게 서쪽으로 지라고 명해 주시겠어요?" "내가 어떤 장군에게 나비처럼 꽃들 사이로 날아다니라고 명하거나 비극 작품을 한 편 쓰라고 하거나 혹은 바다새로 변하라고 명했는데, 장군이 그 명을 지키지 못한다면 나와 장군 중에서 누구의 잘못이겠는가?" "폐하의 잘못입니다." 어린 왕자는 자신있게 대답했다. "맞다. 그 사람이 할 수 있는 것만 명해야 하느니라. 권위란 무엇보다도 먼저 사리에 기초를 두어야 하느니라. 만약 내가 백성들에게 바다에 가서 빠져 죽으라고 명령한다면 백성들은 혁명을 일으킬 것이다. 내가 백성들에게 복종을 요구할 권리가 있는 것은 나의 명이 합리적이기 때문이다." "그렇다면 제가 해가 지도록 해 달라고 부탁한 것은 어떻게 되나요?" 한 번 질문을 던지면 절대로 잊어버리는 일이 없는 어린 왕자가 다시 한 번 질문을 던졌다. "그대는 해지는 것을 구경하게 되리라. 내가 그것을 명하겠노라. 하지만 나의 통치기술에 따라 그 시기가 적절할 때를 기다리도록 해야 하느니라." "그게 언제인가요?" 어린 왕자가 다시 물었다. "에헴! 에헴! 그건…." "그건 오늘 저녁 일곱시 사십 분경이 되리라! 그때가 되면 그대는 나의 명이 얼마나 잘 이행되는지 보게 되리라." 어린 왕자는 하품을 했다. 해지는 풍경을 볼 수 없어 무척 아쉬웠다. 그리고 벌써 조금 심심해졌다. "이곳에서는 제가 할 일이 없군요. 저는 다시 여행을 떠나겠어요." "가지 마라. 가지 말거라. 내가 너를 장관으로 삼겠노라." 신하를 갖게 된 것을 무척 자랑스럽게 생각했던 왕이 대답했다. "무슨 장관을 맡게 되나요?" "저… 법무부 장관이로다." "하지만 재판할 사람도 없는 걸요." "그건 아직 모르는 일이다. 나는 아직 나의 왕국을 돌아 본 일이 없도다. 나는 너무 연로한데다 내 별은 아주 작아서 마차를 세워둘 만한 자리도 없느니라. 그리고 나에게 있어서 걸어다니는 것은 무척 힘이 드는 일이니라." 왕이 머리를 흔들며 대답했다. "오! 하지만 저는 벌써 다 본 걸요." 어린 왕자는 몸을 기울여 별의 다른 쪽을 힐끗 살펴보았다. "저기에도 아무도 없어요."

"그렇다면 너 자신을 재판하도록 하라. 그게 가장 어려운 일이니라. 다른 사람을 재판하는 일보다는 자기 자신을 재판하는 것이 훨씬 어려운 일이니라. 자기 자신을 올바로 재판할 수 있게 되면, 그야말로 그대는 진정으로 지혜로운 자가 되리라." 왕이 대답했다. "저는 어디서든지 스스로를 재판할 수 있어요. 꼭 여기에 있을 필요는 없어요." "에헴! 에헴!" 왕이 헛기침을 하며 말했다. "이 별 어딘가에 분명히 늙은 쥐 한 마리가 살고 있는 줄로 알고 있다. 밤이 되면 그 쥐가 바스락거리는 소리가 들리느니라. 그대는 그 늙은 쥐를 재판할 수 있을 것이니라. 때때로 그 쥐에게 사형선고를 내릴 수도 있느니라. 그렇게 되면 그 쥐의 목숨은 전적으로 그대의 손에 달려 있느니라. 그러나 선고를 내릴 때마다 특사를 베풀어 쥐의 목숨을 아끼도록 하라. 재판을 할 수 있는 쥐가 한 마리 밖에 없기 때문이니라." "저는 사형 선고 내리는 것을 별로 좋아하지 않는답니다. "가지 말거라." 왕이 손을 내저었다. 어린 왕자는 떠날 준비를 다 끝냈지만 늙은 왕의 마음을 섭섭하게 만들고 싶지 않았다. "만약 명이 어김없이 지켜지기를 원하신다면 합당한 명을 내려 주세요. 가령 저에게 1분 이내에 떠나라고 명하실 수 있겠지요. 지금이 적절한 시기인 것 같습니다…." 하지만 왕은 아무런 대답도 하지 않았다. 어린 왕자는 잠시 동안 망설이다가 한숨을 내쉬며 길을 떠났다. "그대를 대사로 임명하노라." 왕이 서둘러 소리쳤다. 왕은 매우 권위를 부리고 있었다. "어른들이란 정말 이상하군." 어린 왕자는 속으로 중얼거렸다.

XI

두 번째 별에는 허영심에 빠진 사람이 살고 있었다. "야! 드디어 나를 찬미할 사람이 오는구나." 멀리서 다가오는 어린 왕자를 보며 허영꾼은 소리를 질렀다. 허영꾼에게는 모든 사람들이 죄다 자신을 칭찬하는 존재이기 때문이다. "안녕하세요? 이상한 모자를 쓰고 계시네요." 어린 왕자가 말했다. "이건 인사하기 위한 거란다. 사람들이 나를 쳐다보며 환호할 때, 인사를 보내기 위한 거야. 그런데 불행하게도 여기는 지나가는 사람이 없단 말이야." 허영꾼이 대답했다. "아, 그래요?" 허영꾼의 말이 무슨 말인지 알지 못한 어린왕자가 말했다. "박수를 쳐보렴." 허영꾼이 가르쳐주듯 말했다. 어린 왕자가 박수를 쳤다. 허영꾼은 모자를 흔들며 젊잖게 답례했다.

'왕이 사는 별보다 훨씬 더 재미있는 걸!' 그는 속으로 이렇게 생각했다. 다시 한 번 박수를 쳤다. 그랬더니 허영꾼은 모자를 벗으며 답례했다. 그렇게 오분쯤 같은 놀이를 하고 나니 싫증이 났다. "어떻게 하면 모자가 떨어지나요?" 어린 왕자가 물었다. 그러나 허영꾼은 어린 왕자의 말을 듣지 못했다. 허영꾼들이란, 칭찬 이외에는 다른 사람들의 말은 들리지 않기 때문이다. "너는 정말로 나를 찬미하지?" 허영꾼이 어린 왕자에게 물었다. "찬미하는 게 무슨 뜻인가요?" "그건 내가 이 별에서 가장 멋있고, 가장 좋은 옷을 입고, 가장 돈이 많고, 가장 똑똑하다는 뜻이지." "하지만 이 별에는 아저씨 혼자뿐이잖아요?" "나를 좀 기쁘게 해 다오.

나를 찬미해 줘." "아저씨를 찬미해요." 그런데 그게 아저씨에게 무슨 상관이 있지? 잠시 어깨를 들썩이며 어린 왕자가 말했다. '어른들은 정말 이상하단 말이야.' 어린 왕자는 속으로 중얼거리며 그 별을 떠나 여행을 계속했다.

XII

다음 별에는 술꾼이 살고 있었다. 그 별을 아주 잠깐 방문했지만 어린 왕자의 마음을 몹시 우울하게 만들었다. "뭘 하고 있어요?" 어린 왕자가 술꾼에게 물었다. 술꾼은 빈 병 한 무더기와 술이 가득 들어있는 병 한 무더기를 죽 늘어놓고 말 없이 자리에 앉아있었다. "술을 마시지." 침통한 얼굴이 술꾼이 대답했다. "술을 왜 마셔요?" 술꾼에게 물었다. "잊어버리기 위해…." 술꾼이 대답했다. "무엇을 잊기 위해 술을 마시는 건가요?" 어린 왕자는 술꾼이 몹시 가엾다는 생각이 들었다. "부끄러운 걸 잊기 위해…." 술꾼이 머리를 숙이며 말했다. "뭐가 그렇게 부끄러워요?" 어린 왕자는 술꾼을 도와주고 싶었다. "술을 마시는 게 부끄러워." 술꾼은 말을 마친 후, 입을 아주 다물어 버렸다. 어린 왕자는 난처한 표정을 지으며 그 별을 떠났다. "어른들이란 정말 정말 이상해." 어린 왕자는 다시 여행을 떠났다.

XIII

네 번째 별은 실업가의 별이었다. 그 실업가는 너무 바빠서 어린 왕자가 도착했을 때도 고개조차 들지 않았다. "안녕하세요? 아저씨의 담뱃불이 꺼졌네요." "셋 더하기 둘은 다섯. 다섯 더하기 일곱은 열둘. 열둘 더하기 셋은 열 다섯. 안녕. 열 다섯 더하기 일곱은 스물 둘. 스물 둘 더하기 여섯은 스물 여덟. 담뱃불 붙일 시간이 없어. 스물 여섯 더하기 다섯은 서른하나. 휴우! 그러니까 도합 오억 일백육십만 이천칠백삼십일일 되는 구나." "뭐가 오억이에요?" "응? 너 아직도 거기 있었니? 오억 일백만…. 그 다음에는 뭐더라…. 지금은 너무나 바빠서! 나는 중요한 일을 하는 사람이야. 허튼 이야기를 할 시간이 없단다. 둘 더하기 다섯은 일곱…." "뭐가 오억이라는 거예요?" 한 번 질문을 던지면 결코 그냥 물러서지 않는 어린 왕자가 다시 물었다. 실업가가 머리를 들었다. "나는 이 별에서 오십 사년 동안 살았어. 그런데 꼭 세 번 나의 일이 방해를 받았지. 첫 번째는 이십 년 전에 어디에서 풍뎅이 한 마리가 떨어졌어. 그게 요란한 소리를 내는 바람에 덧셈에서 네 군데나 틀렸지! 두 번째는 십 일년 전에 신경통 때문이었어. 나는 운동 부족이야. 산책할 시간이 없어서…. 나는 중요한 일을 하는 사람이라서 그렇지. 그리고 세 번째는… 바로 지금이네! 조금 전에 내가 오억 일백만이라고 했었지?" "무엇이 오억 일백만이라는 거예요" 실업가는 조용히 일하기 틀렸다고 생각했다. "바로 저 하늘에 보이는 작은 것들이 오억 일백만 개라는 뜻이란다." "파리 떼 말인가요?" "아니야. 하늘에서 반짝반짝 빛나는 작은 것들이야." "벌떼?" "그게 아니야. 황금빛으로 빛나는 작은 것들이지. 게으름뱅이들은 그것을 바라보며 멍청하게 공상에 잠기지. 나야 물론 중요한 일을 하는 사람이거든. 공상 할 시간이 없어." "아, 별들 말이군요." "그래, 맞아. 별들이야." "그런데 오억 개나 되는 별들을 가지고 뭘 하는 거예요?" "그 숫자는 정확히 오억 일백 육십 이만 이천 칠백 삼십일 개야. 나는 중요한 일을 하는 사람이고 아주 정확하지."

"그 별들을 가지고 뭘 하려는 건가요?" "뭘하냐구?" "그래요." "아무것도 안 하지. 소유하고 있는 거야." "별을 소유하고 있다는 건가요?" "그래." "하지만 내가 전에 본 어떤 왕은…." "왕은 별을 소유하지 않아. 왕은 그저 다스릴 뿐이야. 그건 아주 다른 이야기야." "그럼 별을 소유하고 있는 게 무슨 소용이 있나요?" "부자가 되는 거지." "부자가 되면 뭘 할 수 있는거죠?" "다른 별이 발견되면 그걸 구입할 수 있지. '이 사람도 술꾼과 비슷하군.' 어린 왕자는 마음속으로 이렇게 생각했다. 그래도 질문을 계속했다. "어떻게 하면 별을 소유할 수 있나요?" "너는 별의 주인이 있다고 생각하니?" 그가 투덜거리듯 되물었다. "몰라요. 별은 그 누구의 소유도 아니겠죠." "그러니까 내 것이지. 내가 제일 먼저 소유하겠다는 생각을 했으니까." "그렇게 하면 그 별이 아저씨 것이 되나요?" "물론이지. 임자없는 다이아몬드를 먼저 발견했다면, 그것은 네 것이란다. 또한 주인이 없는 섬을 발견했다면, 그것도 네 것이란다. 또한 가장 먼저 어떤 생각을 했으면 그걸 특허를 내야지. 그럼 그것이 내 소유가 되는 거야. 그러니까 별은 내 소유란다. 나보다 먼저 그것을 갖겠다고 생각한 사람이 없기 때문이지." "그렇군요. 아저씨는 그 별들을 가지고 무엇을 하세요?" "관리를 하는 거야. 별들의 숫자를 세고, 또 세는 거지. 그건 몹시 힘든 일이라구. 하지만 나는 중요한 일을 하는 사람이니까…." 하지만 어린 왕자는 만족해 하지 않았다. "만약 저에게 목도리가 있다면 그걸 목에 감고 다닐 수 있죠. 또 꽃이 있으면 꽃을 꺾어서 가지고 다닐 수 있어요. 하지만 아저씨는 별을 따서 가지고 다닐 수도 없잖아요?" "그래. 하지만 그걸 은행에 맡겨 둘 수는 있지." "그게 무슨 뜻이죠?" "내가 소유한 별들의 숫자를 쪽지 위에 적어 그 쪽지를 서랍 속에 넣고 자물쇠로 굳게 잠그는 거란다." "그게 전부예요?" "그렇지." "참 재미있는 일이네. 하지만 시적(詩的)이나 중요한 일은 아니군" 이라고 어린 왕자는 생각했다. 그는 중대한 일들에 대해 어른들과는 전혀 다른 생각을 가지고 있었다.

"나는 꽃 하나를 갖고 있어요. 나는 날마다 꽃에 물을 주죠. 나는 또 세 개의 화산을 갖고 있어요. 일주일에 한 번씩 그 화산을 청소하죠. 불을 내뿜지 않는 화산까지도 청소해요. 왜냐하면 그 화산이 언제 다시 되살아 날 것인지 알 수 없으니까요. 그리고 그렇게 하는 게 제가 갖고 있는 꽃이나 화산에게 이로운 일이기 때문이에요. 하지만 아저씨는 아저씨의 별들에게 아무런 도움도 되지 않잖아요." 실업가는 대답을 하려고 했지만, 할 말을 찾아내지 못했다.

그래서 어린 왕자는 다시 그 별을 떠났다. '어른들이란 정말 이상하군.' 어린 왕자는 여행을 계속하면서 중얼거렸다.

XIV

다섯 번 째 별은 아주 흥미로운 별이었다. 그동안 보았던 별들 중에서 가장 작은 별이었다. 가로등 하나와 점등인 한 명이 있을 자리 밖에 없었다. 하늘 한 구석, 집도 없고 사람도 살지 않는 별에 가로등과 점등인이 무슨 쓸모가 있는지 도무지 이해할 수 없었다. 어린왕자는 혼자서 말했다. "어쩌면 이 사람은 어리석은 사람일지 몰라. 그렇더라도 왕이나 허영꾼이나 상인이나 술꾼보다는 덜 어리석은 사람이지. 무엇보다 이 사람의 일에는 의미가 담겨 있으니까…." 이 사람이 가로등을 켜는 것은 별이나 꽃을 하나 더 생겨나게 하는 것이나 마찬가지니까. 가로등을 끄면 꽃이나 별을 잠재우는 셈이니 정말 아름답고 유익한 것이지. 그 별에 다가가 점등인에게 공손히 인사했다. "안녕하세요? 조금 전에 왜 가로등을 껐어요?" "그건 지시 때문이야." 점등인이 대답했다. "어떤 지시인가요?" "가로등을 끄라는 거지. 안녕." 점등인은 다시 불을 켰다. "그렇다면 왜 가로등을 다시 켰나요?" "지시이니까." 점등인이 대답했다. "무슨 말인지 알 수 없어요." 어린 왕자가 말했다. "이해할 건 전혀 없지. 지시는 지시이니까. 잘 잤니!" 점등인은 다시 불을 껐다.

잠시 후에 점등인은 붉은 바둑판 무늬 손수건으로 이마의 땀을 닦았다. "난 정말 고된 직업을 가졌어. 전에는 합리적인 일이었는데. 아침에 불을 끄고 저녁이 되면 불을 켰으니까. 나머지 낮 시간에는 쉬는 시간이 있었고 밤 시간에는 잠을 잘 수도 있었고…." "그런데 그 이후에 지시가 바뀌었나요?" "지시가 바뀐 게 아닌데 해가 바뀔수록 별은 점점 더 빨리 도는데, 지시는 바뀌지 않았단 말이야!" "그래서요?" 어린 왕자가 물었다. "이제는 이 별이 매 분마다 한 바퀴씩 돌게 되었단다. 그래서 나는 단 일초도 쉴

틈이 없는거지. 일분에 한 번씩 가로등을 껐다 켰다 해야 하니까."
"정말 이상하네요. 아저씨가 살고 있는 이 별은 일분이 하루라는 말이라니요." "그건 조금도 이상한 일이 아니지. 우리가 이야기를 나누고 있는 동안에 벌써 한 달이 지난간 걸." 점등인이 대답했다. "한 달이나?" "그렇단다. 네가 온 지 삼십 분이 지났으니 이 별의 시간으로는 삼십 일에 해당하는 거지. 잘자." 점등인은 다시 가로등에 불을 켰다. 어린 왕자는 명령을 충실하게 지키는 점등인이 좋아졌다. 의자를 뒤로 물리며 해지는 것을 보고 싶어했던 지난 일이 생각났다. 그를 도와주고 싶었다. "일 힘들 때에는 쉬도록 하세요. 그렇게 할 수 있는 좋은 방법이 있는데…." "그야 언제나 쉬고 싶지!" 점등인이 말했다. 사람은 충실히 일하면서 또 한편 게으름 부리고 싶을 수 있는 것이다. "아저씨의 별은 아주 작으니까 세 걸음만 걸으면 한 바퀴 돌 수 있어요. 언제나 햇빛 속에 있으려면 천천히 걸어가기만 하면 되죠. 쉬고 싶을 때에는 그냥 걸으면 되는 거죠. 그렇게 하면 얼마든지 낮이 계속 이어질 수 있으니까." "그건 별로 도움이 안 된단다. 내가 제일 좋아하는 건 잠자는 거니까…." 점등인이 대답했다. 점등인은 다시 가로등의 불을 켰다. "안타까운 일이군요." "그래 유감이지 안녕!" 점등인은 다시 불을 껐다.

'이 사람은 왕이나 허영꾼, 술꾼, 상인과 같은 다른 사람들로부터 비웃음을 당할지도 몰라. 하지만 정말 우스꽝스럽지 않은 사람은 이 사람 뿐인 걸. 그건 아마도 그가 자기 자신 이외의 다른 일에 전념하기 때문일거야. 어린 왕자는 섭섭한 한숨을 쉬며 이렇게 말했다. 내 친구로 삼을 수 있었던 사람은 그뿐이었는데, 그 별은 너무 작아 두 사람이 머무를 수가 없어…. 그러나 그가 축복 받은 별을 잊지 못하는 것은 해지는 것을 하루에도 천사백사십 번이나 볼 수 있었기 때문이었는데, 그것은 그 자신이 스스로에게도 차마 고백하지 못하는 것이었다.

XV

여섯 번째 별은 다른 별들보다 열 배나 더 넓은 별이었다. 별에는 굉장히 큰 책을 쓰고 있는 나이 많은 노인이 살고 있었다. "야! 탐험가가 오는군!" 노인은 어린 왕자를 보며 큰 소리로 외쳤다. 어린 왕자는 탁자 위에 걸터앉아 가쁜 숨을 몰아쉬었다. 몹시도 긴 여행을 한 탓이었다. "너는 어디에서 오는 거냐?" 그 노인이 물었다. "이 커다란 책은 뭔가요? 여기에서 무슨 일을 하고 계세요?" 어린 왕자가 물었다. "나는 지리학자란다." 노인이 대답했다. "지리학자가 뭔데요?" "바다와 강과 산과 사막들이 어디에 있는지 아는 사람이지." "아주 재미있는 일이네요. 그것이야말로 괜찮은 직업이네요." 어린 왕자는 이렇게 말하고 나서 지리학자의 별을 한 바퀴 휘 돌아보았다. 어린 왕자는 지금까지 이렇게 훌륭한 별을 한 번도 본 적이 없었다.

"할아버지의 별은 굉장히 멋있어요. 큰 바다도 있나요?" "나는 몰라." 지리학자가 대답했다. "그래요? 그렇다면 산들은?" "나는 몰라." 지리학자가 말했다. "그럼 도시와 강과 사막은?" "그것도 알 수 없단다." 지리학자가 말했다. "할아버지는 지리학자가 아니에요!" "그래. 하지만 나는 탐험가가 아니야. 지리학자는 탐험을 하지 않는단다. 나에게는 탐험가가 절대 부족해. 도시나 강, 산, 바다, 사막들을 돌아다니는건 지리학자가 하는 일이 아니지. 지리학자는 너무나 중요한 일을 하기에 한가로이 돌아다닐 수 없는 사람이거든. 지리학자는 책상을 떠나지 않아. 지리학자는 책상에서 탐험가들을 만나면 되는 거야. 이것저것 질문을 던지며 탐험가들의 기억을 기록해 두는 거지. 그리고 만약 그 탐험가의 이야기가 흥미로우면, 지리학자는 그 탐험가가 과연 믿을 수 있는 사람인지 조사한단다." 지리학자가 대답했다. "왜요?" "탐험가가 거짓말을 하면 지리책의 내용이 엉망이 되니까…. 술을 너무 많이 마시는 탐험가도 역시 마찬가지지." "왜요?" 어린 왕자가 물었다. "술꾼들의 눈에는 물건이 두 개로 보이기 때문이란다. 그렇게 되면 산이 하나밖에 없는 곳에 지리학자는 두 개로 기록해 놓을테니까…" "그렇다면 내가 아는 어떤 사람도 나쁜 탐험가가 될 수 있겠네요?" 어린 왕자가 말했다. "그럴 수도 있겠지. 그래서 탐험가의 인격을 믿을 수 있다면 그가 발견한 것을 조사하지." "거길 가보시나요?" "아니야, 그건 너무 복잡한 일이야. 그래서 탐험가에게 증거물을 제시하라고 요구하지. 가령 그 탐험가가 큰 산을 발견했다고 하면, 큰 돌을 가져오라고 요구하는 거야." 갑자기 지리학자가 흥분했다. "그런데 너 멀리 떨어진 별에서 왔지? 너는 탐험가가 분명해. 너의 별에 대한 이야기해 다오!" 지리학자는 노트를 펼쳐 놓고 연필을 깎았다. 지리학자는 탐험가들의 이야기를 우선 연필로 적었다가 증거를 가져오면 비로소 잉크로 옮겨 적기 때문이다.

"자 시작해 볼까?" 지리학자가 물었다. "별로 흥미로운 곳은 아니에요. 아주 작기 때문이죠. 세 개의 화산이 있어요. 두 개는 불이 붙은 산이고, 나머지 하나는 불이 꺼진 화산이에요. 하지만 언제 다시 불을 내뿜을 것인지는 아무도 몰라요." "그래, 언제 어떻게 될지 알 수 없지" 지리학자가 말했다. "꽃이 하나 있어요." "꽃은 기록하지 않는단다." "왜요? 그게 더욱 아름다운 것인데…." "꽃이란 일시적이기 때문이니까." "일시적이란 게 무슨 뜻이죠?" "지리책은 모든 책 들 중에서 제일 귀중한 책이지. 그건 유행을 타지 않는 것이지. 산이 자리를 옮기는 일은 거의 없기 때문이기도 하고, 큰 바다의 물이 마르는 일도 찾아볼 수 없지. 우리는 영원한 것들을 기록한다고." "하지만 불 꺼진 화산이 다시 깨어날 수도 있어요. 그렇다면 순간적이라는 게 무슨 뜻이죠?" 어린 왕자가 말을 가로막았다. "화산이 꺼져 있든 살아 있든 지리학자들에게 있어서는 모두 마찬가지란다. 우리에게 중요한 건 산이지. 산은 변하지 않아." "하지만 순간적이라는 게 무슨 뜻이죠?"

한 번 질문을 하면 결코 물러서는 법이 없는 어린 왕자가 다시 물었다. "머지않아 사라지게 된다는 뜻이란다." "그렇다면 꽃도 금방 사라질 위험에 처해 있나요?" "물론이지." 내 꽃은 순간적인 존재야. 시간이 흐르면 사라지게 되지. 그런데 내 꽃은 이 세상에서 자신을 지킬 거라곤 겨우 네 개의 가시 밖에 없어! 나는 그런 꽃을 별에 혼자 내버려두고 떠났어! 어린 왕자는 마음속으로 꽃을 생각하고 있었다. 그것은 어린 왕자가 처음으로 느끼는 후회의 감정이었다. 어린 왕자는 다시 용기를 내었다. " 어디를 찾아가면 좋을까요?" "지구라는 별로 가 봐. 아주 평판이 좋은 별이란다." 지리학자가 대답했다. 어린 왕자는 그의 꽃을 생각하며 다시 여행을 떠났다.

XVI

일곱 번 째 별은 그래서 지구였다. 지구는 평범한 별이 아니었다. 백 열한 명의 왕(흑인 나라의 왕을 포함해서)과 칠천 명의 지리학자, 구십만 명의 실업가, 칠백 오십만 명의 술꾼들, 삼억 천 백만 명의 허영꾼, 즉 이십 억이나 되는 어른들이 살고 있다. 먼저 지구의 크기에 대해 알아보려면 다음과 같은 사실을 이해하는 것이 필요할 것이다. 전기가 발명되기 전에 지구에는 여섯 대륙을 통틀어서 모두 육만 이천오백십일 명이나 되는 점등인이 필요했으니 이 지구가 얼마나 큰지 짐작이 갈 것이다.

멀리 떨어진 곳에서 바라보면 그것은 대단한 장관이었다. 수많은 점등인들이 움직이는 모습은 마치 오페라의 발레단처럼 질서정연했다. 날이 저물면 가장 먼저 뉴질랜드와 오스트레일리아의 점등인들이 불을 밝혔다. 그들이 등불을 켜고 난 후에 잠자리에 들면, 그 다음에는 중국과 시베리아의 점등인들이 춤을 추며 가로등을 켠다. 잠시 후에 그들이 무대 뒤로 사라지면, 이번에는 러시아와 인도의 점등인들이 등장할 차례이다. 이후 남아메리카와 북아메리카의 점등인들이 나타난다. 이 많은 점등인들이 무대에 등장하는 순서가 틀린 적은 한 번도 없었다. 그래서 그 광경은 정말로 장엄했다. 단지 북극과 남극에서 살고 있는 점등인만이 너무나 한가롭고 태평스러운 생활을 하고 있었다. 그들은 일년에 두 번만 일을 했다.

XVII

재치를 부리려다 보면 자칫 거짓말을 하게 되는 수가 있다. 어쩌면 나도 점등인에 대한 이야기를 하며 그런 실수를 했는지도 모른다. 지구에 대해 잘 모르는 사람들이라면 나의 이야기를 듣고 이 별에 대해 잘못 생각할 수도 있을 테니까. 사실, 지구에서 사람들이 살고 있는 곳은 아주 적다. 그래서 만약 지구에서 살고 있는 모든 사람들을 한 곳에 모이게 한다면, 가로 이십마일 세로 이십 마일 광장만 있으면 된다. 또한 인류 전체를 태평양의 가장 작은 섬에 차곡 차곡 쌓아 놓을 수도 있을 것이다. 물론 어른들은 이 말을 믿지 않을 것이다. 그들은 자기들이 훨씬 더 많은 자리를 차지하고 있는 줄로 믿고 있으니까. 그들은 자신들이 바오밥나무처럼 매우 중요하다고 생각하고 있다. 그러니까 어른들에게 계산을 해 보라고 일러주는게 좋겠다. 어른들은 숫자를 좋아하니까. 그러나 여러분은 그런 계산을 하며 시간을 낭비할 필요는 없다. 그것은 쓸데 없는 일이니. 여러분은 나의 말을 믿지 않는가.

어린 왕자는 지구에 처음 도착했을 때 사람이라고는 통 보이지 않아 놀랐다. 혹시 별을 잘못 찾아온 게 아닐까 싶어 더럭 겁이 나 있을 때 달같은 색깔의 고리 모양을 하고 있는 물체가 모래 속에서 움직이고 있었다. 안녕." 어린 왕자가 무턱대고 말했다. "안녕." 뱀이 대답했다. "지금 내가 도착한 별이 무슨 별이니?" 어린 왕자가 물었다. "지구야. 아프리카지." 뱀이 대답했다. "그래!...

지구에는 사람이 아무도 없니?" "여기는 사막이야. 사막에는 사람이 안 살지. 지구는 아주 크다구." 뱀이 대답했다. 어린 왕자는 돌 위에 앉아 하늘을 바라보았다. "어쩌다가 길을 잃어버린 사람들에게 다시 저마다 자기의 고향 별을 찾을 수 있도록 해 주려고 별들이 저토록 빛나는 게 아닐까? 내 별을 봐. 바로 우리 머리 위에 있어…. 그런데 어쩌면 저렇게 멀리 있지!" "아름답구나. 여기에 무엇을 하러 왔니?" 뱀이 물었다. "꽃과 복잡한 일이 있었단다." 어린 왕자가 말했다. "그래?" 뱀이 말했다. 그들은 한동안 서로 잠자코 있었다. " 사람들은 어디 있지? 사막은 외로운 곳이구나…." 어린 왕자가 마침내 입을 열었다. "사람들 틈에 있어도 외로운 건 마찬가지야." 뱀이 말했다. 어린 왕자는 그를 한참 바라보았다. "너는 재미있게 생긴 동물이구나. 마치 손가락처럼 가느다랗고…." "하지만 난 왕의 손가락보다도 힘이 세단다." 뱀이 말했다. 어린 왕자는 미소를 지었다. "그렇게 힘이 센 것처럼 보이지 않는데? 발도 없고…. 그러니까 여행도 못할 거야." "나는 아주 먼 곳으로 너를 데리고 갈 수도 있단다. 네가 배를 타고 가 닿을 수 있는 곳보다 더욱 멀리…." 그는 마치 어린 왕자의 발목을 팔찌처럼 몸을 휘감더니 말했다. "나를 건드리는 사람마다, 자신이 태어난 땅으로 보내주지. 하지만 너는 순진하고 또 다른 별에서 왔으니까…." 어린 왕자는 아무런 대답도 하지 않았다. " 연약한 몸으로 돌멩이투성이인 이 지구에 있으니 어쩐지 가여운 생각이 드는구나. 너의 별이 몹시 그리울 때는 언제든지 나에게 말해. 내가 널 도와 줄 수도 있어. 나는…." "그래 알았어. 그런데 너는 왜 그렇게 수수께끼 같은 말만 하는거지?" 어린 왕자가 물었다. "나는 그 모든 것을 해결할 수 있어." 그가 말했다. 그들은 서로 침묵을 지켰다.

XVIII

어린 왕자는 사막을 횡단했는데 꽃 한 송이를 만났을 뿐이다. 세 개의 꽃잎이 달린 보잘 것 없는 꽃이었다. "안녕." 어린 왕자가 인사했다. "안녕." 꽃이 말했다. "그런데 사람들은 어디 있지?" 어린 왕자가 공손하게 물었다. 꽃은 어린 왕자의 물음에 언제인가 대상(隊商)들이 사막을 지나가는 것을 본 적이 있었다. "사람들? 벌써 몇 년 전이기는 하지만 사람들을 본 적이 있어. 예닐곱 사람이었을 거야. 하지만 어디로 갔는지 잘 모르겠네. 바람처럼 돌아다니는 사람들이니까…. 그들은 뿌리가 없어 몹시 어려움을 겪지" "잘 있어." 어린 왕자가 말했다. "잘 가." 꽃이 말했다.

XIX

어린 왕자는 어느 높은 산에 올라갔다. 그가 알고 있었던 산이라곤 겨우 무릎 높이까지 오는 세 개의 화산 밖에 없었다. 불 꺼진 화산을 의자처럼 사용하고 있었다. '이렇게 높은 산에서는 한눈에 별과 사람들을 한눈에 내려다 볼 수 있을 거야.' 그러나 그가 보았던 것은 아주 날카로운 바위들과 험준한 산봉우리뿐이었다. "안녕." 혹시나 해서 어린 왕자는 말을 걸었다. "안녕… 안녕… 안녕…." 메아리가 대답했다. "너는 누구니?" 어린 왕자가 다시 말했다. "너는 누구니… 너는 누구니… 너는 누구니…." 메아리가 대답했다. "내 친구가 되어 줄래? 나는 외로워." 어린 왕자가 말했다. "나는 외로워… 나는 외로워… 나는 외로워…." 메아리가 대답했다. 어린 왕자는 나지막한 목소리로 말했다. "참 이상한 별이구나. 이건 메마르고 날카롭고 험하고. 사람들은 통 상상력이 없고 다른 사람의 말을 따라하기만 하고…. 내 별에는 꽃 한 송이가 있었지. 꽃은 항상 나에게 먼저 말을 걸어 왔는데…."

XX

 어린 왕자는 오랫동안 모래와 바위와 눈길을 헤매던 끝에 마침내 길을 발견했다. 길들이란 한결같이 사람들이 살고 있는 곳으로 통했다. "안녕." 그가 말했다. 장미가 만발한 정원이었다. "안녕." 장미꽃들이 말했다. 어린 왕자는 그들을 바라보았다. 그것들은 모두 그의 별에 피어 있는 꽃과 비슷한 것이었다. "너희들은 누구니?" 어린 왕자가 깜짝 놀라며 물었다. "우리는 장미꽃이야." 장미꽃들이 말했다. "아, 그래?" 어린 왕자는 자신이 불행하게 느껴졌다. 자기와 같은 꽃은 이 세상에서 단 하나뿐이라고 그의 꽃은 그에게 말했던 적이 있었다. 그런데 이 정원에는 아주 비슷하게 생긴 꽃들이 오천 송이나 되는 것이 아닌가!. '만약 내 꽃이 이 광경을 보면 무척 마음 상할거야…. 창피함을 감추려고 일부러 기침을 심하게 하며 죽는 시늉을 하겠지. 그렇게 되면 나는 내 꽃을 위로하는 척 해야 할거야. 안 그러다간 나에게 죄책감을 주려고 정말 죽어 버릴지도 모르는 일이니까….' 그리고 그는 다시 이렇게도 생각했다. '이 세상에서 오직 하나밖에 없는 꽃인 줄 알고 나는 대단한 부자인줄 알았는데 하지만 그저 평범한 꽃 한 송이에 불과했던 거야. 그 중 하나는 영원히 불이 꺼져 있을지도 모를 내 무릎까지 오는 세 개의 화산과 그 꽃으로. 나는 위대한 왕자가 되지 못할 거야.' 어린 왕자는 풀숲에 엎드려 울었다.

XXI

 여우가 나타난 것은 바로 그 때였다. "안녕." 여우가 말했다. "안녕." 어린 왕자는 공손하게 답하며 뒤돌아 보았으나 아무것도 보이지 않았다. "나는 여기 있어. 사과나무 밑에…." 조금 전의 그 목소리가 말했다. "너는 누구니? 아주 예쁘구나." 어린 왕자가 물었다. "나는 여우란다." 여우가 대답했다. "이리 와. 나하고 놀자. 나는 정말 슬프단다." 어린 왕자가 여우에게 제안했다. "미안해. 나는 너하고 놀 수 없어. 나는 아직 길들여지지 않았으니까."
"아, 미안해." 어린 왕자가 말했다. 그러다가 어린 왕자는 잠시 동안 생각한 끝에 다시 말했다. " 길들인다는 게 무슨 뜻이니?"
"너는 이곳에서 사는 아이가 아니구나. 넌 무엇을 찾고 있니" 여우가 물었다. "나는 사람들을 찾고 있어. 그런데 길들인다는 게 뭐지?" "사람들은 총을 가지고 사냥을 하지. 그건 아주 곤란한 일이야. 사람들은 병아리도 길러. 그게 그들의 유일한 관심사야. 너 지금 병아리를 찾고 있었던 거야?" "아니야. 나는 친구들을 찾고 있었어. 길들인다는게 뭐지?" 어린 왕자가 말했다. "그것은 잊혀지고 있는 거지. '관계를 만든다…'는 뜻이야" " 관계를 만든다고?" "그래." 여우가 말했다. 너는 아직까지 나에게 수많은 다른 소년들과 조금도 다를 바 없는 소년에 지나지 않아. 그러니까 나는 네가 필요하지 않아. 물론 너도 내가 필요하지 않겠지. 너에게는 내가 다른 수 많은 여우들과 똑같은 여우 한 마리에 지나지 않을 테니까…."여우가 대답했다. "하지만 네가 나를 길들인다면 난 너에게 세상에 오직 하나밖에 없는 여우가 될거야…" "이제야 좀 알 것 같구나. 나에게는 꽃이 한 송이 있는데… 아마도 꽃이 나를 길들였었나 봐…." 어린 왕자가 말했다. "그럴 수 있겠지. 지구에서는 수많은 일들이 벌어지니까…." 여우가 말했다. "아니야. 지구가 아니야." 어린 왕자가 말했다. 여우는 몹시 궁금한 기색이었다. "그렇다면 다른 별에 있다는 거야?" "그래." "그 별엔 사냥꾼이 있지?" "아니." "그것 참 이상하군.! 병아리도 있어?" "없어." "이 세상엔 완전한 데라곤 없네." 여우가 한숨을 내쉬며 하던 이야기를 이어갔다.

"내 생활은 단조롭단다. 나는 병아리들을 쫓고, 사람들은 나를 쫓지. 병아리들은 모두 비슷비슷하고, 사람들도 모두 비슷비슷해. 그래서 조금 지겹긴 하지만 네가 날 길들이면 내 생활은 정말 환해질 거야. 다른 모든 발자국 소리와 구별되는 발자국 소리를 알게 되겠지. 다른 사람들의 발자국 소리는 나를 땅굴 깊이 숨도록 만들지만, 너의 발자국 소리는 음악처럼 나를 땅굴 밖으로 불러내게 될 거야. 그리고 저기를 봐! 저기 밀밭이 보이지? 잘 익은 밀 이삭들이 황금빛 물결을 이루고 있어. 나는 빵을 먹지 않아. 그러니까 밀은 나에게 아무런 소용이 없어. 밀밭을 보더라도 나 아무것도 생각나지 않아. 그건 서글픈 일이지! 하지만 너는 금색 머리카락을 가지고 있잖아. 만약 네가 날 길들이게 되면, 정말 멋진 일이 될 거야. 나는 황금빛 밀밭을 볼 때마다 네 생각을 하게 되겠지. 그렇게 되면 밀밭을 스쳐 가는 바람 소리조차도 좋아하게 될 거야…." 여우는 한참 동안 어린 왕자를 한참을 바라보았다. "제발 나를 길들여 줘." 여우가 말했다. "나도 그러고 싶어. 하지만 나에게는 시간이 별로 많지 않아. 나는 친구들을 찾아내야 하고 또한 알아볼 일들도 아주 많아…." "우리는 자기가 길들인 것 밖에 알 수 없는 법이야. 사람들은 이제 무엇인가에 대해 진정으로 알 수 있는 시간조차도 갖지 못하게 되었어. 사람들은 상점에서 이미 다 만들어진 물건들을 구입하니까…. 하지만 친구를 파는 상점은 없어. 결국 사람들은 더 이상 친구가 없어. 만약 네가 친구를 원한다면 나를 길들여 줘." 여우가 말했다. "그럼 어떻게 해야 하는거지?" " 참을성이 있어야 해. 우선 내가 있는 곳에서 조금 떨어진 풀숲에 앉아 있어. 난 곁눈질로 너를 쳐다볼거야. 너는 아무런 말도 하지 마. 말이란 오해의 근원이니까. 그러다가 날마다 조금씩 가까이 다가앉을 수 있을 거야." 여우가 말했다.

다음 날 아침. 어린 왕자는 다시 다시 그곳에 갔다. " 언제나 똑같은 시간에 찾아오는게 더 좋을거야 . 이를테면 네가 오후 네 시에 온다면, 난 세 시부터 행복해지기 시작할 거야. 그리고 시간이 가까워질수록 나는 점점 더 행복하게 되겠지. 네 시가 되면, 나는 너를 기다리며 안절부절하게 될 거야. 행복이 얼마나 값진 것인지 맛보며 알게 되겠지. 하지만 네가 아무 때나 찾아오면 나는 언제 마음의 준비를 해야 할지 모르잖아. 그래서 의식이 필요한 거야." 여우가 말했다. "의식이 뭐야?" 어린 왕자가 물었다.

"그것도 너무 자주 잊혀진 거지." 여우가 말했다. "그건 어떤 날을 여느 날들과 다르게, 그리고 어떤 날을 다른 날들과 다르게 만드는 거야. 예를 들면 사냥꾼들에게도 의식이 있지. 그들은 목요일이면 마을 처녀들하고 춤을 추거든. 그러니까 목요일은 신나는 날이야. 나는 홀가분한 마음으로 포도밭까지 산보를 나가. 만약 사냥꾼들이 아무 때나 춤을 춘다면 항상 모든 날들이 똑같잖아. 그렇게 되면 나에게는 휴가라는 게 아예 없을 거란 말이야." 여우가 말했다. 이렇게 해서 어린 왕자는 여우를 길들였다. 이별의 시간이 다가왔을 때 여우는 말했다. "눈물이 날 것 같아." "그건 네 잘못이야." "나는 너를 아프게 하고 싶은 마음이 조금도 없었어. 네가 나보고 길들여 달라고 했기 때문에…" 어린 왕자가 말했다. "물론이야." 여우가 고개를 끄덕였다. "하지만 너는 지금 울려고 하잖아." "그래." "그렇다면 너는 얻은 게 하나도 없어." "아니야. 얻은 게 있어. 저 황금빛 밀밭 색깔 때문에 말이야."여우가 말했다. 잠시 후 그가 다시 말을 이어갔다. "다시 한 번 장미꽃들이 피어 있는 정원으로 가 봐. 너의 꽃이 세상에 하나 밖에 없다는 사실을 알게 될 거야. 그리고 나에게 다시 돌아와서 작별 인사를 해 줘. 너에게 비밀 하나를 선물하고 싶어."

어린 왕자는 장미꽃들을 보러 정원으로 갔다. "너희들은 내 장미하곤 조금도 닮지 않았어. 너희들은 아직 아무것도 아니야. 아무도 여기 있는 장미꽃들을 길들이지 않았고 너희도 역시 아무도 길들이지 안했어. 너희들은 지난날의 내 여우와 같아. 내 여우도 얼마 전에는 수많은 다른 여우들과 똑같았지. 하지만 내가 친구로 삼았으니까 이제는 이 세상에서 하나밖에 없는 나만의 여우가 된 거야." 그러자 장미꽃들은 어쩔 줄 몰라했다. "물론 너희들도 아름답지만 텅 비어 있어. 누가 너희들을 위해 기꺼이 죽을 사람은 아무도 없으니까…. 물론 내 장미도 지나가는 사람들의 눈에는 이 정원에 있는 장미꽃들과 비슷하게 보이겠지. 하지만 내 장미꽃 한 송이는 여기에 있는 모든 장미꽃들보다 훨씬 더 소중해. 그건 내가 그에게 물을 주고 고깔을 씌워 주고 바람막이로 바람을 막아 주었던 것은 그 꽃이기 때문이지. (나비를 위해서 두세 마리만 남겨 놓은 것 말고) 불평을 하거나 자랑을 늘어놓는 것 때로는 침묵을 지키며 귀 기울여 준 것도 그 꽃이기 때문이지. 한 마디로 그건 내 꽃이었기 때문이야." 어린 왕자는 다시 여우가 있는 곳으로 돌아갔다. "잘 있어." 어린 왕자가 말했다. "잘 가. 너에게 주고 싶었던 비밀은 단순한 거야. 마음의 눈으로 보아야만 잘 보인단다. 본질적인 것은 눈으로 볼 수가 없어". 여우가 말했다. "가장 중요한 것은 눈으로 볼 수가 없어."어린 왕자는 그 말을 잊지 않으려고 되풀이해서 말했다. "너의 장미가 그처럼 소중한 건, 네가 네 장미를 위해 소비한 시간 때문이야." "내가 내 장미를 위해 소비한 시간…." 어린 왕자는 그 말도 반복했다. "사람들은 벌써 오래 전에 이 진리를 잊어버렸지. 하지만 너는 잊어버리지 마. 너는 언제나 네가 길들인 것에 대해 책임을 느껴야만 해. 너는 네 장미에게 책임을 느껴야만 해…." 여우가 말했다. "나는 내 장미에게 책임을 느껴야 한다…." 그 말을 잘 기억하기 위해 어린 왕자는 되뇌었다.

XXII

"안녕." 어린 왕자가 말했다. "안녕." 철도원이 인사했다. "여기에서 무슨 일을 하세요?" 어린 왕자가 물었다. "천여명 되는 기차 손님들을 가려 내고 있어. 나는 여행자들을 싣고 가는 기차들을 오른쪽으로 보내기도 하고 왼쪽으로 보내기도 한단다." 철도원은 대답했다. 그때 불을 환하게 켠 급행 열차 한 대가 천둥치는 소리를 내며 조종실을 뒤흔들며 지나갔다. "저 사람들은 굉장히 바쁘군요. 그들은 무엇을 찾고 있는 걸까요?" 어린 왕자가 궁금한 듯 물었다. "그건 저 열차의 기관사도 모른단다." 철도원이 대답했다. 불을 환하게 켠 두 번째 급행 열차가 반대 방향에서 우렁찬 소리를 내며 지나갔다. "벌써 돌아오는 건가요?" 어린 왕자가 물었다. "아니. 아까 지나간 것과 같은 열차가 아니야. 두 방향에서 서로

엇갈리는 거지." 철도원이 대답했다. " 자기가 살았던 곳이 마음에 안 들었던 모양이죠?" "대부분의 사람들은 자기가 사는 곳에 대해 만족하지 않는단다." 그때 또다시 불을 환하게 컨 세 번째 급행열차가 요란한 소리를 내며 지나갔다. "먼저 간 사람들을 좇아가는 건가요?" 어린 왕자가 물었다. "좇아가는 게 아니야. 저 사람들은 기차 안에서 잠을 자거나 하품을 하지. 어린아이들만이 유리창에 코를 바짝 대고 있을 뿐이지." "아이들만이 자기가 무엇을 찾는지 알고 있어요. 아이들은 누더기 인형 하나 때문에 곧잘 시간을 소비하니까요. 그래서 인형을 더욱 소중하게 여기는 거예요. 누가 그걸 빼앗으려고 하면 울음을 터뜨리고…." 어린 왕자가 말했다. "그래. 아이들은 참 행복하지." 철도원이 말했다.

XXIII

"안녕." 어린 왕자가 인사했다. "안녕." 상인이 인사했다. 상인은 목마름을 가라앉혀 주는 새로 나온 알약을 파는 사람이었다. 그것은 일주일에 하나씩만 먹으면 다시 목이 마르지 않는 알약이었다. "그걸 왜 팔죠?" 어린 왕자가 물었다. "시간이 굉장히 절약되니까…. 전문가들이 계산한 바에 의하면 일주일에 무려 오십삼 분이나 절약하게 되는 거야" 상인이 대답했다. "그렇다면 그 오십삼 분 동안 무슨 일을 하죠?" 어린 왕자가 다시 질문을 던졌다. "자기가 하고 싶은 일을 하지." 상인이 어깨를 으쓱거리며 대답했다. '만약 나에게 오십삼 분이 있다면, 우물을 향해 천천히 걸어갈 텐데.' 어린 왕자는 이렇게 생각했다.

XXIV

사막에서 비행기가 고장을 일으킨 것도 벌써 여드레가 되었다. 나는 남겨두었던 물의 마지막 한 방울을 마시며 상인에 대한 이야기를 들으며 "그래, 네 추억담은 아주 아름답구나. 하지만 나는 아직까지 비행기를 수리하지 못했어. 마실 물도 다 떨어졌어. 나도 우물을 향해 천천히 걸어갈 수 있다면 행복하겠다."라고 말했다. "내 친구 여우는…." 어린 왕자가 말했다. "얘야, 여우 따위 이야기를 할 때가 아니다." "왜?" " 목이 말라서 죽게 되었으니까…."하지만 그는 내 말뜻을 알아듣지 못하고 이렇게 대답했다. "지금 당장 죽게 된다고 하더라도 친구를 가졌다는 건 좋은 일이야. 나는 여우 친구가 있었다는 게 기뻐." "위험이 어느 정도인지 아직 잘 모르는군' 그는 배고픔도 갈증도 느끼지 않고 있었다. 햇빛만 조금 있으면 그에겐 충분했다.

그런데 그는 나의 생각을 알기라도 한 듯 이렇게 말했다. "나도 목이 말라. 우물을 찾으러 가." 나는 아무 소용 없다는 몸짓을 했다. 황량한 사막에서 무턱대고 우물을 찾아 나선다는 것은 말도 안되는 일이었으니까. 그럼에도 우리는 우물을 찾기 위해 길을 떠났다. 벌써 몇 시간 동안이나 사막을 걸었다. 몇 시간 동안 말없이 걷고 나니 밤이 되며 별들이 반짝이기 시작했다. 나는 갈증이 너무나 심해서 마치 꿈속인 양 별들을 바라보았다. 어린 왕자가 한 말들이 나의 머리 속에서 춤을 추고 있었다. "너도 목마르니?" 나는 어린 왕자에게 물었다. 그러나 어린 왕자는 나의 질문에 아무런 대답도 하지 않고 그저 이렇게 대답할 뿐이었다. "물은 마음에도 좋은 것일 수 있는데…" 나는 이해할 수 없으나 아무 말도 하지 않았다. 그에게 질문해서는 안 된다는 것을 나도 이미 알고 있었다. 그는 매우 지쳐 있었다. 나도 그의 옆에 앉았다. 침묵을 지키던 어린 왕자가 다시 말했다. "별들은 아름다워. 눈에 보이지 않는 꽃 한 송이꽃 때문에." "그렇구나." 나는 이렇게 대답하며 은은한 달빛을 받아 빛나고 있는 주름진 모래 언덕들을 바라보았다. "사막은 아름다워." 그가 다시 말했다. 그것은 사실이었다. 나는 오래 전부터 사막을 사랑하고 있었다. 모래 언덕에 앉으면 아무것도 보이지 않고 아무런 소리도 들리지 않았다. 하지만 침묵 속에서 무엇인가 조용히 빛나는 것이 있었다. "사막이 아름다운 건 어딘가에 우물이 숨어 있기 때문이야." 어린 왕자가 말했다. 그 순간 나는 문득 모래의 저 신비스러운 빛을 이해하게 되었다. 사막의 그 신비로운 빛남이 무엇인가를 나는 문득 깨닫고 매우 놀랐다. 내가 어린 아이였을 때, 나는 오래된 집에서 살고 있었다. 그런데 전설에 따르면 그 집 어딘가에 보물이 숨겨져 있다는 것이었다. 물론 어느 누구도 그것을 발견하지 못했다. 그것을 찾으려 한 사람도 아마 없었을 것이다. 그래도 그 보물로 집 전체에는 매력이 넘쳐 있었다. 그 집은 내 가슴 깊은 곳에 한 가지 비밀을 숨기고 있었던 것이다. "그래. 네 말이 맞아. 집이든 별이든 사막이든 간에 그것들을 아름답게 만드는 것은 눈에 안 보이는 것들이지." 나는 어린 왕자에게 말했다. "아저씨가 내 여우와 같은 생각을 하고 있어서 기뻐." 어린 왕자가 말했다. 밤이 깊어가고 있었다. 어린 왕자는 잠이 들었다.

나는 어린 왕자를 품에 안고 다시 길을 걸었다. 나는 가슴이 뭉클했다. 마치 연약한 보물을 안고 걸어가는 것 같은 생각이 들었기 때문이다. 지구상에서 이보다 더 연약한 것은 없을 것 같은 느낌이 들었다. '내가 여기에서 보고 있는 건 어린 왕자의 껍질일 뿐이야. 가장 중요한 것은 눈에 안 보이니까…' 나는 달빛에 비친 어린 왕자의 창백한 이마와 감긴 두 눈, 바람에 휘날리는 머리카락을 응시하며 생각에 잠겼다. 그 순간 절반 가량 열린 어린 왕자의 입술이 방긋 미소를 지었다. '어린 왕자가 내 마음을 몹시 감동시킨 것은 작은 별에 있는 꽃에 대한 사랑을 품고 있기 때문이야. 어린 왕자가 잠을 자고 있는 동안에도 장미꽃의 모습이 마치 등불처럼 어린 왕자의 내부에서 빛나고 있어.' 나는 그가 부서지기 쉬운 존재라는 생각이 들어 '등불을 잘 보호해야만 해. 한 줄기 바람에도 금방 꺼질지도 모르니까…' 밤새도록 어린 왕자를 안고 걸어가다가, 동이 틀 무렵 우물을 발견했다.

XXV

"사람들은 급행 열차를 타고 가면서도 무엇을 찾아가는지 모르고 있어. 그래서 초조해 하며 제자리를 맴돌고 있어…" 어린 왕자가 말했다. 그는 다시 말을 이었다. "그건 소용 없는데…" 우리가 도달한 우물은 사하라 사막의 우물과는 달랐다. 사하라 사막의 우물은 그저 모래 속에 뚫어 놓은 단순한 구멍일 뿐이다. 그런데 그 우물은 마치 마을의 우물과도 같았다. 하지만 아무리 둘러보아도 그곳에는 마을이 없었다. 나는 지금 꿈을 꾸고 있는 게 아닐까 하는 생각이 들었다. "정말 이상한 일이구나. 사막에 우물이 있고, 게다가 밧줄이 달려 있는 도르래와 물통과 밧줄까지…." 나는 어린 왕자에게 말했다. 그는 미소를 짓더니 살짝 도르래를 돌려보았다. 그랬더니 오랫동안 잠을 자고 있다가 깨어난 낡은 풍차처럼 도르래가 삐꺽거리는 소리를 냈다. "이 소리가 들려? 우리가 깨우니까 우물이 노래를 부르는 거야." 나는 어린 왕자가 힘든 일을 하는 것은 원하지 않았다. "내가 할게. 네가 하기에는 너무 무겁단다." 나는 천천히 두레박을 우물 언저리까지 끌어 올렸다. 나는 두레박이 떨어지지 않도록 우물 곁에 잘 놓아두었다.

내 귀에는 아직까지도 도르래의 노래소리가 들리고 있었다. 여전히 출렁거리고 있는 물 속에서 나는 태양이 춤을 추는 모습을 보았다. "물 마시고 싶어. 물 마실 수 있게 해 줘." 나는 어린 왕자가 원하는 것이 무엇을 찾고 있는지 깨달았다. 나는 두레박을 어린 왕자의 입술까지 들어 올려 주었다. 어린 왕자는 조용히 눈을 감고 물을 마셨다. 나는 그 모습을 보며 축제처럼 기뻤다. 하지만 그 물은 음료와는 다른 것이었다. 그것은 별빛 아래에서의 행진과 도르래의 노래 그리고 내 두팔의 노력에 의해 생긴 것이었다. 그것은 마치 선물을 받았던 것처럼 나의 마음을 흐뭇하게 만들어 주었다. 내 어린 시절의 크리스마스 트리를 장식한 불빛, 자정 미사의 음악, 사람들이 주고받는 따뜻한 미소의 부드러움이 내가 받았던 크리스마스 선물을 더욱 황홀하게 만들어 주었던 것이다. "아저씨 별에서 살고 있는 사람들은 한 개의 정원에 무려 오천 송이나 되는 장미꽃을 가꾸고 있지만 정작 바라는 것을 거기에서 찾아내지 못하고 있잖아." "그래. 발견하지 못한단다." 내가 대답했다. "사람들이 찾는 것은 장미 한 송이나 물 한 모금 속에서 얻어질 수도 있는데…." "네 말이 맞아." 어린 왕자가 내 말에 한마디 덧붙였다. " 눈으로는 볼 수 없어. 마음으로 찾아야만 해." 나도 물을 마신 후였다. 편하게 숨을 쉴 수가 있었다. 동이 틀 무렵, 사막의 모래는 꿀 빛깔을 띠었다. 나는 그 꿀 빛깔을 보며 커다란 행복감을 느꼈다. 이 세상은 고통으로 가득 차 있는 것이 아니었다. 고통에 시달려야 할 필요는 전혀 없었던 것이다.

" 약속을 지켜줘야 해" 어린 왕자가 다시 내 곁에 앉으며 살며시 말했다. "무슨 약속?" "약속했잖아. 내 양에 굴레를 씌워준다고... 나는 꽃에 대해서 책임이 있어…." 나는 호주머니 속에 들어있던 그림을 꺼냈다. 그것은 얼마 전에 내가 직접 끄적거린 그림이었다. 어린 왕자는 그 그림들을 쳐다보더니 웃었다. "아저씨가 그린 바오밥나무들은 마치 뿔처럼 생겼어." "아 그래!" 사실 바오밥나무 그림에 대해서는 약간 자신을 가지고 있었던 것이다. "아저씨가 그린 여우 그림은… 귀가 뿔 비슷하고 게다가 너무 길어." 어린 왕자는 또다시 웃었다. "너무 심하다. 나는 지금까지 속이 보이는 보아 뱀과 속이 안 보이는 보아 뱀 말고는 아무것도 그려본 적이 없어." "괜찮아. 아이들은 모두 다 알고 있으니까…." 어린 왕자가 말했다. 나는 연필로 양의 굴레를 그렸다. 나는 완성된 그림을 어린 왕자에게 주었다. 그리고 왠지 가슴이 미어지는 느낌이었다. "네가 무슨 계획을 가지고 있는지 모르겠으나…" 어린 왕자는 대답 대신 이렇게 말했다. "아다시피 내일이면 내가 지구에 도착한 지 일년이야." 그런 다음 어린 왕자는 입을 굳게 다물었다. 그리고 한참 후에야 어린 왕자는 다시 말을 이었다. "바로 이

근처에 떨어졌어…." 어린 왕자는 얼굴을 살짝 붉혔다. 나는 또다시 이상한 슬픔을 느꼈다. 그리고 문득 이런 의문이 떠올랐다. "나는 여드레 전 아침에 너를 처음으로 만났지. 그렇다면 네가 사람들이 살고 있는 곳에서 수만 리 떨어진 이 사막에서 그렇게 혼자 거닐고 있었던 게 우연이 아니었던 것이구나. 네가 떨어진 장소로 되돌아가는 길이었니?" 내 말에 어린 왕자는 또다시 얼굴을 붉혔다. 나는 조금 망설이다가 말을 이었다. "그래, 아마 일년이 되어서 그런 거지?" 나는 어린 왕자의 얼굴이 붉게 달아오르는 것을 보았다. 어린 왕자는 질문에 대답하는 법이 없었다. 그러나 얼굴을 붉힌다는 것은 어린 왕자가 '그래!'라고 대답했다는 뜻이 아닌가? "아! 두려워지는 구나…." 그런데 그는 이렇게 대답하는 것이었다. "아저씨는 이제 일을 해야 해. 아저씨는 비행기가 있는 곳으로 돌아가. 나는 여기에서 아저씨를 기다리고 있을게. 내일 저녁에 돌아 와." 나는 마음이 놓이지 않았다. 그리고 문득 여우에 대한 생각이 떠올랐다. 누군가에게 길들여지게 되면 눈물을 흘릴 염려가 생기는 까닭이다.

XXVI

우물 곁에는 낡고 무너진 오래된 돌담이 있었다. 다음날 저녁 나는 비행기 수리하는 일을 마치고 돌아오면서 보니 어린 왕자가 돌담 꼭대기에 앉아서 다리를 늘어뜨리고 있었다. 그리고 이렇게 말하는 소리를 들었다. "너는 생각 나지 않아? 그래, 바로 이 자리는 아니야!" 그가 대꾸 하는 걸로 보아 또 다른 목소리가 그에게 답하는듯 했다. "아니야, 날짜는 맞지만 장소는 이곳이 아니야…" 나는 돌담 방향으로 갔다. 보이는 것도 들리는 것도 아무 것도 없었는데 어린 왕자는 다시 대꾸 하고 있었다. "물론이지. 모래 위에 남아 있는 내 발자국이 어디에서부터 시작되었는지 잘 보도록 해. 그리고 그곳에서 나를 기다리면 되는 거야. 오늘 밤에 내가 그곳으로 갈 거야." 나는 돌담에서 이십 미터 가량 떨어진 곳에 서 있는데 내겐 여전히 아무도 보이지 않았다. 잠시 후, 어린 왕자가 또 다시 말을 하는 소리가 들렸다. "네 독은 좋은 거니? 나를 오랫동안 아프게 만들지 않을 자신이 있어?" 그 순간 나는 가슴이 철렁 내려앉는 것을 느꼈다. 그래서 나는 그 자리에서 걸음을 멈추었다. "이제 그만 돌아가도록 해. 나는 이제 내려가고 싶어." 어린 왕자가 말했다. 비로소 나는 돌담 밑을 내려다 본 나는 심장이 멈추는 것 같았다. 삼십 초만에 사람을 죽일 수도 있는 치명적인 독을 가진 노란 뱀 한 마리가 어린 왕자를 향해 머리를 치켜들고 있었던 것이다. 나는 권총을 찾기 위해 호주머니를 필사적으로 뒤지며 막 뛰어갔으나 발소리를 들은 뱀은 꺼져가는 분수처럼 별로 서두르는 기색도 없이 가벼운 금속성 소리를 내며 돌 틈 사이로 사라지고 말았다.

나는 돌담에 이르러 눈처럼 창백해진 가여운 어린 왕자를 간신히 품에 끌어 안았다. "도대체 이게 무슨 일이니? 뱀하고 이야기하고 있다니?" 나는 어린 왕자의 황금빛 목도리를 풀었다. 그리고 어린 왕자의 관자놀이에 물을 적시고 물을 마시게 했다. 그러나 이제는 나는 그에게 무어라 물어볼 수가 없었다. 어린 왕자는 진지한 눈빛으로 나를 쳐다보더니, 두 팔로 내 목을 끌어안았다. 그의 심장의 고동이 전해졌다. 사냥꾼 총에 맞아서 죽어 가는 새처럼, 어린 왕자의 고동이 여리게 느낄 수 있었다. "아저씨가 비행기를 고쳤다니 참 좋아. 아저씨도 이제 집으로 돌아가게 되겠지…" "그걸 어떻게 알았지?" 나는 때마침 비행기의 엔진을 수리하는 일에 성공했노라고 어린 왕자에게 말하려던 참이었다. 하지만 어린 왕자는 내 물음에 대답하지 않고 또 이렇게 덧붙였다. "나도 오늘 집으로 돌아가…"그는 몹시 슬픈 표정을 지으며 말했다. "내가 갈 길이 더 멀고.. 더 힘들어." 나는 무엇인가 심상치 않은 일이 일어나고 있다는 사실을 직감했다. 나는 그를 어린 아기처럼 품에 꼬옥 끌어안았다. 그럼에도 내가 붙잡을 겨를도 없이 마치 깊은 심연 속으로 빠져들고 있는 것만 같은 기분이 들었다. 어린 왕자는 아득한 곳을 바라보는 듯한 심각한 모습이었다. "나에게는 아저씨가 준 양이 있어. 양을 넣어 둘 상자도 굴레도 있고…." 어린 왕자는 나를 보며 쓸쓸하게 웃었다. 나는 오랫동안 그대로 있었다. 어린 왕자의 몸이 차츰 따뜻한 온기를 되찾는 것 같았다. "무서웠던 모양이구나?" 무서웠던 것은 틀림없었다. 그는 부드럽게 웃으며 말을 했다. "오늘 밤이 훨씬 더 무서울 거야." 영영 돌이킬 수 없는 어떤 일이 벌어질 것 같다는 생각이 들자 나는 아찔해졌다. 두 번 다시 그의 웃음소리를 듣지 못하게 될 것만 같아 견딜 수 없는 일임을 문득 깨달았다. 그 웃음소리는 마치 사막의 우물과 같았다. "너의 웃음소리를 듣고 싶구나." 그러나 그는 이렇게 말했다. "오늘 밤이면 꼭 일년째가 되는 거야. 내 별은 작년에 내가 떨어졌던 그 자리에 오게 되지."

"애. 모두 나쁜 꿈 아니니? 뱀도 단꿈도 별도…" 그러나 그는 대답하지 않았다. "중요한 건 눈에 보이지 않아…." "맞아." "꽃도 마찬가지야. 어떤 별에 있는 꽃 한 송이를 좋아하게 되면 밤에 하늘만 바라보아도 마음이 행복할 거야. 모든 별에는 다 꽃이 피어 있으니까…." "그럴 거야." "물도 마찬가지야. 아저씨가 나에게 먹여 주었던 물은 마치 음악 같았어. 물론 그건 도르래와 밧줄 때문이지…. 기억하지…물이 참 맛있었어…" "그래." "밤이면 별들을 바라봐. 내 별은 너무나 작아서 어디 있는지 아저씨에게 보여 줄 수 없지만 오히려 그게 더 나을지도 몰라. 내 별은 수 많은 별들 중에서 하나의 별이 될 거야. 그러니까 아저씨는 어느 별을 바라보더라도 행복하게 될거야. 모든 별들이 다 아저씨의 친구가 될 테니까. 그리고 아저씨에게 선물을 하나 주고 싶어." 그는 다시 활짝 웃었다. "나는 너의 맑은 웃음소리를 듣는 게 좋아." "그게 내 선물이 될거야. 그건 물도 마찬가지야…" "무슨 뜻이지?" "사람들에 따라 그 별은 다른 존재야. 여행자들에게는 별들이 길잡이가 되지만, 어떤 사람들에게는 그저 밤하늘의 빛일 뿐이고. 학자에게는 연구의 대상이고 지난 번에 내가 말했던 실업가에게는 별이 황금이지. 하지만 별들은 침묵을 지키고 있어. 아저씨는 누구도 갖지 못한 별을 가지게 될 거야...." "그게 무슨 뜻이지?" "밤이 되어 아저씨가 하늘을 쳐다볼 때, 나는 그 별들 가운데 어느 한 별에서 살고 있을 거야. 그리고 나는 내 별에서 웃고 있을 거야. 그러면 아저씨에게는 모든 별들이 모두 웃고 있는 것처럼 보일거야. 아저씨는 웃을 줄 아는 별을 갖게 되는 거야." "아저씨의 슬픔이 어느 정도 가라앉게 되면(언제나 슬픔은 가라 앉게 되니)나를 알게 된 것을 무척 기쁘게 생각하게 될 거야. 아저씨는 영원한 내 친구이니까 나와 같이 웃고 싶어질 거야. 아저씨는 가끔씩 창문을 열고 별들을 바라보겠지. 아저씨의 친구들은 아저씨가 밤하늘을 바라보며 웃는 걸 보고 놀랄 거야. 그럴 때 아저씨는 친구들을 향해 이렇게 말해 줘. '그래, 별을 쳐다보면 언제나 웃음이 나오거든!' 친구들은 아마 아저씨가 미쳤다고 생각할 거야. 그렇게 되면 나는 아저씨에게 못할 짓을 한 것이 되네…." 그는 다시 한 번 웃었다. " 별들 대신에 웃을 줄 아는 작은 방울들을 아저씨에게 잔뜩 준 것과 마찬가지야." 그는 미소를 짓더니, 이내 진지한 표정을 지었다. " 오늘 밤에는 나를 찾아오지 마." "나는 네 곁을 떠나지 않을 거야." "아니야. 나는 아픈 것처럼 보일 거야. 어쩌면 죽는 것처럼 보일지도 몰라. 하지만 그건 어쩔 수 없어. 나는 그런 모습을 아저씨에게 보여주고 싶지 않아. 오늘 밤에는 오지 마. 그럴 필요가 없어." "난 네 곁을 떠나지 않을테야." 그는 근심스러운 모습이었다.

"아저씨에게 이런 말을 하는 건… 뱀 때문이야. 뱀이 아저씨를 물면 안 되잖아. 뱀들은 사나워. 괜히 장난으로 아저씨를 물 수도 있어…" "난 네 곁을 떠나지 않을 거야." 어린 왕자는 무슨 생각이 들었는지, 안심을 한 것 같았다. "뱀이 두 번째로 물 때는 독이 없으니까…." 그날 밤 나는 그가 길을 떠나는 것을 보지 못했다. 어린 왕자는 살며시 사라져 버린 것이다. 뒤쫓아서 겨우 그를 만났을 때 그는 빠른 걸음으로 걸어가고 있었다. 그는 다만 이렇게 말했다.

"아저씨 왔구나…."그리고는 내 손을 잡았다. "아저씨가 온 것은 잘못이야. 마음 아파할 텐데. 마치 나는 죽은 것처럼 보일 거야. 하지만 그건 사실이 아니야." 나는 잠자코 있었다. 그는 약간 풀이 죽어 있는 것 같아 보였다. 그러나 그는 다시 기운을 내기위해 애쓰고 있었다. "참 좋겠네. 나도 별들을 바라보고 있을 거야. 별들이란 별들은 모두 녹슨 도르래가 있는 우물로 보이게 될테니. 별들이 모두 나에게 마실 물을 부어줄거야…" 나는 아무 말도 하지 않았다. "정말 재미 있을 거야! 아저씨는 오억 개나 되는 방울을 갖게 되고, 나는 나는 오억 개나 되는 우물을 갖게 될 테니까…." 그러고는 그도 아무 말도 하지않았다. 그는 울고 있었기 때문이었다…

"저기야. 이제 나 혼자 떠날 수 있게 해 줘. 한 걸음만 더 걸어가면 될 거야." 그러더니 그 자리에 주저앉았다. 무서웠기 때문이다. 그가 다시 말했다. "나의 꽃… 나는 그 꽃에 책임이 있어! 그 꽃은 정말 연약하거든. 아무것도 몰라. 소용도 없는 가시 네 개를 가지고 세상을 맞서려고 한다니까…." 나도 그 자리에 털썩 주저앉았다. 더 이상 서 있을 수가 없었던 것이다. 그가 말했다. "이제 다 끝났어…." 어린 왕자는 조금 망설이더니 천천히 몸을 일으켰다. 그리고 한 걸음 앞으로 내딛었다. 나는 몸을 움직일 수 없었다. 순간, 어린 왕자의 발목 근처에서 노란 빛이 반짝했을 뿐이다. 그는 잠시 그대로 서 있었다. 그는 소리치지 않았다. 마치 나무가 쓰러지듯 조용히 쓰러졌다. 모래 때문에 아무런 소리도 나지 않았다.

XXVII

그러니 그것은 여섯 해 전에 일어난 일인 것이다… 나는 어느 누구에게도 지금껏 이런 이야기를 한 적이 없다. 나를 다시 만난 친구들은 내가 살아서 돌아온 것을 보고 기뻐했다. 슬펐으나 피곤해서 그렇게 보이는 것이라고 그들에게 말했다. 지금은 슬픔도 조금 가라앉았다. 다시 말해… 슬픔이 다 사라진 것은 아니라는 것이다. 나는 어린 왕자가 고향 별로 돌아갔다는 것을 알고 있다. 왜냐하면 다음 날 아침 해가 뜰 무렵, 그의 몸은 그 어디에도 보이지 않았으니까. 그의 몸은 무겁지 않았다… 그래서 밤이면 나는 별들이 웃는 소리를 듣는 것을 좋아한다. 그것들은 마치 오억 개의 작은 방울들이 울리는 것과 같으니… 그런데 뜻하지 않은 일이 생긴 것을 깨달았다. 어린 왕자에게 그려 준 굴레에다가 가죽 끈을 매달아주는 것을 그만 잊어버렸던 것이다. 그가 양을 묶어 놓을 수가 없게 되었다. '어린 왕자의 별에서 무슨 일이 생긴 게 아닐까? 어쩌면 양이 꽃을 먹어버렸을지도 몰라….' 그러다가 또 다시 이런 생각을 한다. '그럴 리 없지! 어린 왕자는 밤마다 꽃에 유리 덮개를 씌워서 양을 잘 지킬테지….' 이런 생각을 하면 행복해진다. 그러면 수 많은 별들이 모두 즐겁게 웃는다.

어떤 때는 이런 생각도 한다. '어쩌다 방심할 수도 있는데…. 그렇게 되면 끝장이야. 어느 날 저녁에 어린 왕자가 유리 덮개 씌우는 걸 잊어버렸다거나 양이 밤중에 조용히 우리에서 빠져나간다면….' 만약 그런 일이 생긴다면 작은 방울들은 모두 눈물로 변할 것이다. 정말로 신기한 일이다. 우리가 알지 못하는 어느 별에 있는 양 한 마리가 장미꽃을 먹었는가 안 먹었는가에 따라서 이 세상이 완전히 달라지니까. 어린 왕자를 사랑하는 모든 분들이 똑같은 경험을 하게 되는 것도. 물론 나도 그런 경험을 할 것 같다. 지금 이 순간 하늘을 바라보며 양이 꽃을 먹었을지 안 먹었을지 생각해 보라. 그러면 그 결과에 따라 모든 것들이 얼마나 달라지는가를 알게 될 것이다. 그러나 어른들은 그것이 얼마나 중요한 일인지 결코 이해하지 못할 것이다.

이것은 나에게 있어 세상에서 가장 아름답고도 쓸쓸한 풍경이다. 그리고 이것은 어린 왕자가 쓰러졌던 사막의 풍경과 똑같은 그림이다. 여러분에게 그것을 분명히 보여주기 위해 다시 한 번 그린 것이다. 바로 이 장소에서 어린 왕자가 나타났다가 다시 사라졌다는 것을 말하기 위해서…. 이 풍경을 잘 바라보기 바란다. 그리고 어느 때라도 만약 여러분이 사하라 사막으로 여행을 하게 되면 '아하, 바로 여기구나.' 하고 곧바로 알아볼 수 있기를 바란다. 그리고 그 장소를 지나게 된다면, 제발 서두르지 말고 머리 위로 작은 별이 지나갈 때까지 기다려 주시길! 혹시 미소를 짓고 있는 어린 왕자가 나타날 수도 있으니까. 질문을 던져도 대답을 하지 않는 금발의 아이를 만난다면, 여러분은 당장 그 아이가 누구인지 짐작할 수 있을 것이다. 제발 어린 왕자를 다정하게 대하며 그리고 곧장 나에게 편지를 보내 주시길. 어린 왕자가 다시 돌아왔다고….